# 시민의 불복종

* 이 도서의 국립중앙도서관 출판시도서목록(CIP)은 e-CIP홈페이지(http://www.nl.go.kr/ecip)와
국가자료공동목록시스템(http://www.nl.go.kr/kolisnet)에서 이용하실 수 있습니다.
(CIP제어번호: CIP2017000189)

# 시민의 불복종

Henry David Thoreau

## 헨리 데이빗 소로우

강승영 옮김

은행나무

꘏꘏꘏ 차례 ꘏꘏꘏

## 역자 서문

"나는 '가장 좋은 정부는 가장 적게 다스리는 정부'라는 표어를 진심으로 받아들이며 그것이 하루빨리 조직적으로 실현되기를 바라 마지않는다."

"우리는 먼저 인간이어야 하고, 그다음에 국민이어야 한다고 나는 생각한다. 법에 대한 존경심보다는 먼저 정의에 대한 존경심을 기르는 것이 바람직하다."

"오늘날 이 미국 정부에 대하여 어떻게 처신하는 것이 한 인간으로서 올바른 자세일까? 나는 대답한다. 수치감 없이는 이 정부와 관계를 가질 수 없노라고 말이다. 나는 노예의 정부이기도 한 이 정치적 조직을 나의 정부로 단 한순간이라도 인정할 수 없다."

"사람 하나라도 부당하게 가두는 정부 밑에서 의로운 사람이

진정 있을 곳은 역시 감옥이다."


"나는 누구에게 강요받기 위하여 이 세상에 태어난 것은 아니

다. 나는 내 방식대로 숨을 쉬고 내 방식대로 살아갈 것이다. 누

가 더 강한지는 두고보도록 하자."


위와 같이 읽는 사람의 피를 끓게 하는 명문구들이 가득 담긴

그다지 길지 않은 글(약 50쪽)이 있다. 〈시민의 불복종〉이라는 글

로《월든》을 쓴 헨리 데이빗 소로우의 또 다른 명저이다.

월든 호숫가의 숲 속에 통나무집을 짓고 살던 헨리 소로우는 어

느 날 구두를 고치러 마을에 갔다가 붙들려 감옥에 수감된다. 소

로우는 6년 전부터 인두세 납부를 거부해오고 있었는데, 그것은

미국 정부가 흑인 노예제도를 계속 용납하는 데다 그해(1846년)에

는 영토 확장을 위해서 멕시코 전쟁까지 일으켰기 때문에 이에 항

의하기 위해서였다. 친척 한 사람이 그 몰래 세금을 대납하는 바

람에 그는 다음 날 풀려났다. 그래서 감옥에 갇힌 것은 단 하루 동

안이었지만 이 사건은 그로 하여금 개인의 자유에 대립되는 국가

권력의 의미에 대해 깊이 성찰할 기회를 주었으며, 그로부터 2년

후에 마을의 문화회관에서 이에 대해 강연을 하게 된다.(글로 써서 발표한 것은 다시 1년 후의 일이다.)

미국의 한 저술가가 '세계 역사를 바꾼 (27권의) 책'에 넣은 《시민의 불복종》은 처음에는 소로우의 다른 저서들처럼 독자들의 무관심 속에 방치되다가 19세기 말 러시아의 문호 톨스토이에게 발견되어 그의 정치, 사회사상에 획기적인 전환을 초래한 것으로 알려져 있다. 그러나 이 책이 정작 세계 역사에 어떤 영향을 끼친 것은 간디를 통해서였다. 20세기 초 남아프리카에서 인도 독립 운동을 하고 있던 간디는 이 책을 읽고 큰 감동을 받았으며, 자신의 이념을 정리해준 하나의 교과서와 같은 책으로 여겼다. 간디는 "나는 소로우에게서 한 분의 스승을 발견했으며 《시민의 불복종》으로부터 내가 추진하는 운동의 이름을 땄다."고 말했다.

간디 이후에도 이 책은 영국의 노동운동가들, 나치 점령하의 레지스탕스 대원들, 마틴 루터 킹 같은 인권운동가 등에게 계속 영향력을 끼쳐왔으며 불의의 권력과 싸우는 수많은 사람을 격려하고 그들에게 용기를 주어왔다.

수십 년간에 걸친 민주 항쟁에도 불구하고 민주주의가 완전히 뿌리내리지 못한 우리나라에서 각자가 해야 할 일은 무엇인가? 개인의 양심이 국가권력의 남용이나 옳지 않은 법률에 의해 침해

8

받을 때 어떻게 할 것인가? 〈시민의 불복종〉은 많은 시사점을 던져준다.

본 책은 〈시민의 불복종〉이 처음 50여 쪽만을 차지하고, 나머지는 역자가 소로우의 여러 측면을 보여주는 다섯 개의 글을 모아 엮은 것이다.《월든》을 제외하고는 작가의 다른 글을 접하기 어려운 국내의 출판계 사정을 참작한 것이다.

〈야생사과〉는 〈가을의 빛깔들〉과 더불어 작가의 대표적인 자연 에세이로, 죽기 얼마 전의 사람이 썼으리라고는 도저히 생각되지 않는, 생명력이 넘치는 글이다. 미국의 토착 식물인 야생능금나무와는 달리, 야생사과나무는 사람이 재배하는 사과나무가 들이나 숲 속에 흘러들어 간 것이다. 그곳에서 온갖 어려움을 이겨내고 특유의 아름다움과 맛을 지닌 열매를 맺는 나무로 자라난다. 특히 이 나무가 자라는 과정에서, 20년 이상 잎사귀와 가지를 계속 갉아먹는 황소들과 벌이는 흥미진진한 싸움은, 작가가 오랜 세월 동안 깊은 애정을 가지고 자연을 면밀히 관찰했음을 보여준다. 궁극적으로 승리를 거둔 사과나무가 황소들에게 베푸는 너그러움에 대해서도 작가는 찬사를 아끼지 않는다.

사과나무의 내력부터 시작되어 전편을 통해 드러나는 작가의

해박한 지식도 흥미롭지만, 여러 쪽에 걸쳐 야생사과의 아름다움을 묘사하는 장면은 이 글의 백미라고 할 수 있겠다.

"어느 날 저녁 우연히 당신은 어떤 사과의 융기부나 오목하게 들어간 부위에 빨간 물감이 뿌려진 듯한 모습을 발견하게 되리라. 여름이 사과의 둥근 몸체 어딘가에 줄무늬나 점무늬를 그려넣지 않은 채 자신의 계절이 지나가도록 내버려둔 경우는 드물다.
  일부 사과의 몸체에 찍혀 있는 붉은 반점들은 그 사과가 지켜본 어떤 아침과 저녁을 기념하기 위해서이다. 어두운 녹색의 얼룩들은 그 사과 위로 지나간 구름들과 흐릿하고 축축했던 날들을 잊지 않기 위해서이다."

또 한 가지 흥미로운 사항은 작가가 아메리카 인디언을 야생 능금나무에, 자신을 야생사과나무에 비유하고 있다는 점이다. 작가는 이 나무처럼 자신이 바탕은 문명인이지만 '야성'을 갈망하고 추구하는 사람이라고 생각했던 것이다.

〈가을의 빛깔들〉은 소로우의 뛰어난 미적 감각과 날카로운 관찰력에 대한 기념비와도 같은 글이다. 아름답기로 이름난 뉴잉글랜드 지방의 가을 풍경이 단풍의 진행 과정에 따라 변해가는 모습이 절묘하게 묘사되어 있다. 9월 말의 꽃단풍나무를 기점으로 시작되는 이 자연의 축제는 느릅나무와 사탕단풍나무를 거쳐 11월의 꽃단풍나무로 끝이 난다.

"그 높은 곳에서 (붉은떡갈나무) 잎들은 빛과 함께 서로 팔짱을 끼고 춤을 춘다. 환상적인 '푸앵트'를 밟아가며 춤을 추는 이들은 하늘의 무도장에 어울리는 댄스 파트너들이다. 나뭇잎들이 빛과 너무나도 다정하게 뒤섞여 있는 데다 몸매가 호리호리하고 표면에 광택이 나기 때문에 드디어 이 춤추는 모습에서 어느 쪽이 잎사귀이고 어느 쪽이 빛인지 분간해낼 길이 없어진다."

도처에 아름다운 자연 묘사로 가득 찬 〈가을의 빛깔들〉은 자연과의 교감에 남다른 자부심을 가지고 있던 콩코드의 다른 초월주의자들로 하여금 색깔에 대해 새롭게 눈이 뜨이는 기분을 느끼게 했다고 한다.

〈돼지 잡아들이기〉, 〈한 소나무의 죽음〉과 〈계절 속의 삶〉은 그의 일기에서 발췌한 글들이다. 소로우는 대학을 졸업하던 해부터 죽기 바로 전해까지 약 25년간에 걸쳐 일기를 썼다. 이 방대한 분량의 일기는 그 자신의 표현을 빌리면, '매일 제신諸神들에게 띄우는 엽서들'이었으며 그의 다른 저서들에 못지않은 중요성을 지니고 있다.

〈돼지 잡아들이기〉는 그의 생애 후반기 어느 날의 일기로 가벼운 마음으로 읽을 수 있는 글이다. 소로우의 풍부한 유머 감각을 보여주며 고향 마을에서 그가 보낸 일상생활의 한 단면을 엿볼 수 있다. 집에서 기르던 억센 중돼지가 우리를 탈출해서 온 마을을 떠들썩하게 만들고 결국에 작가와 그의 부친은 현상금까지 내걸게 된다. 액션 소설처럼 전개되는 이 글을 통해 우리는 그가 돼지를 미물로 보지 않고 주관까지도 갖춘 하나의 생명체로 보았던 것을 알 수 있다.

〈한 소나무의 죽음〉은 짧은 글이기는 하나 독자로 하여금 그의 자연에 대한 사랑의 깊이를 깨닫게 해준다. 서부 개척이 한창이고 개발이 미덕이던 시절에 이런 글이 씌어졌다는 것이 놀랍기만 하다.

한 세기 반 전 미국의 시골 읍에서 조용하면서도 치열한 삶을 살았던 순수한 인간 헨리 데이빗 소로우. 21세기를 맞이하여 지난 두 세기가 던져놓은 수많은 숙제를 풀어야 하는 우리에게 그

의 책들은 정신적인 기쁨과 위안을 줄 뿐만 아니라, 인류가 나아
가야 할 방향까지도 제시하고 있다. 월든 호수에서 생긴 작은 파
문은 160여 년의 세월이 지나 이제는 소로우가 이름만 들어본
항구뿐만 아니라 그가 듣지도 알지도 못했던 세계의 수많은 항구
에까지 도달한 것이다.

강승영

# 시민의
# 불복종

나는 누구에게 강요받기 위하여
이 세상에 태어난 것은 아니다.
나는 내 방식대로 숨을 쉬고
내 방식대로 살아갈 것이다.
누가 더 강한지는 두고보도록 하자.

# 시민의 불복종[1]

나는 '가장 좋은 정부는 가장 적게 다스리는 정부'라는 표어를 진심으로 받아들이며 그것이 하루빨리 조직적으로 실현되기를 바라 마지않는다. 이 말은 결국 '가장 좋은 정부는 전혀 다스리지 않는 정부'라는 데까지 가게 되는데 나는 이 말 또한 믿는다. 사람들이 준비가 되었을 때 그들이 갖게 될 정부는 바로 그런 종류의 정부일 것이다. 정부는 기껏해야 하나의 편법에 지나지 않는다. 그러나 대부분의 정부가 거의 언제나 불편한 존재이고, 모든

---

1) 시민의 불복종Civil Disobedience _ 이 글이 〈미학〉지에 발표되었을 때의 제목은 〈시민 정부에 대한 저항Resistance to Civil Government〉이었으나 소로우가 죽은 다음에는 〈시민의 불복종〉으로 더 널리 알려졌다.

정부가 때로는 불편한 존재이다.

상비군대를 두는 데 대해 비중 있고, 옳다고 할 수밖에 없는 많은 반대 의견들이 제기되어 왔는데, 이런 반대 의견들은 결국은 상설 정부에 대해서도 제기될 수 있을 것이다. 상비군은 상설 정부의 팔 하나에 지나지 않는다. 정부는 국민이 자신의 뜻을 실행하기 위해 선택한 하나의 방식에 지나지 않지만, 국민이 그것을 통해 행동을 하기도 전에 정부 자체가 남용되거나 악용되기 쉬운 것이다. 현재 계속되고 있는 멕시코 전쟁[2]을 보라! 이 전쟁은 비교적 소수의 사람들이 상설 정부를 자신의 도구로 사용한 결과로 일어났다. 왜냐하면 애초에 국민들은 이런 처사를 허락하지 않았을 것이기 때문이다.

이 미국 정부라는 것이 하나의 전통, 그것도 역사가 짧은 하나의 전통 이외에 무엇이겠는가? 그 자체를 손상시킴 없이 후대에 넘겨주려 노력하지만 매 순간마다 그 순수성을 조금씩 잃어가는 하나의 전통인 것이다. 그것은 살아있는 한 사람의 개인의 생명력

---

2) 멕시코 전쟁(1846~1848) _ 미국과 멕시코 사이에 영토 분쟁 때문에 일어났던 전쟁. 서쪽과 남쪽으로 영토 확장을 노리고 있던 미국이 멕시코 땅인 텍사스를 합병한 것이 전쟁의 직접적인 발단이 되었다. 전쟁은 미국군이 멕시코의 수도를 점령함으로써 끝났는데, 패전국인 멕시코는 1,500만 달러의 배상을 받고 캘리포니아와 뉴멕시코까지 양도하게 되어 국토의 5분의 2를 잃었다.

과 힘 정도도 가지고 있지 못하다. 왜냐하면 한 사람의 개인일지라도 정부로 하여금 자신의 의지를 따르도록 굽힐 수 있기 때문이다.

정부는 국민들 자신에게는 나무로 만든 총 같은 존재이다. 그러나 그렇다고 해서 그것의 필요성이 줄어드는 것은 아니다. 왜냐하면 국민들은 자신들이 정부에 대해 가지고 있는 고정관념을 만족시키기 위해서라도 어떤 것이든 간에 복잡한 기구 하나를 가지기를 원하고, 또 그것이 내는 시끄러운 소리를 들어야 만족하기 때문이다. 그리하여 정부는 어떻게 사람들을 쉽게 속일 수 있는가를, 심지어는 사람들이 자신의 이익을 위해 어떻게 스스로를 속이는가를 보여준다.

그것까지는 좋다고 하자. 그러나 이 정부는 자체적으로 어떤 사업을 촉진시킨 일이 없다. 단지 그 사업에 방해가 되지 않도록 얼른 비켜준 일은 있지만 말이다. 이 정부는 나라의 자유를 수호하는 일을 하지 못하고 있다. 서부를 개척하고 있는 것도 아니다. 또 교육 사업을 펴고 있지도 않다. 미국 국민이 타고난 어떤 기질이 이 모든 일을 성취한 것이다. 사실 미국 정부가 방해만 하지 않았더라면 더 많은 일을 이루어냈을 것이다. 왜냐하면 정부라는 것은 사람들이 서로를 간섭하지 않고 기꺼이 내버려두도록 돕는 하나의 방편이기 때문이다. 그리고 이미 말한 바와 같이 정부가 그 역할을 가장 잘 수행할 때는 곧 피통치자들이 간섭을 가장 적게 받을 때이기 때문이다.

무역과 상업은, 그것들이 인도 고무로 되어있지 않았던들 입법자들이 끊임없이 길 위에 갖다놓은 장애물들을 결코 뛰어넘지 못했을 것이다. 그러므로 이 입법자들을 부분적으로나마 그들의 의도를 참작하지 않고 그들의 행동의 결과만으로 판단한다면, 그들은 철로 위에 장애물을 갖다놓는 악의적인 사람들과 마찬가지의 사람들로 분류되어 그들과 똑같은 처벌을 받아 마땅할 것이다.

그러나 시민의 한 사람으로 실제적으로 말한다면, 나는 무정부주의자라고 자처하는 사람들과는 달리 지금 당장 정부를 폐지할 것을 요구하는 것이 아니다. 나는 지금 당장, 보다 나은 정부를 요구하고 있을 뿐이다. 각 사람들은 자신의 존경을 받을 만한 정부가 어떤 것인지를 분명히 밝혀야 한다. 바로 그것이 보다 나은 정부를 얻을 수 있는 길로 한 걸음 더 나아가는 것이다.

권력이 일단 국민의 손에 들어왔을 때 다수의 지배가 허용이 되고 오랜 기간 동안 지속되는 실제적인 이유는 그들이 옳을 가능성이 가장 크거나 그것이 소수자들에게 가장 공정한 것처럼 보이기 때문이 아니라 단지 그들이 가장 힘이 세기 때문이다. 그러나 사사건건 다수가 지배하고 있는 정부는 정의(사람들이 이해할 수 있는 한도 내의 정의일지라도)에 입각한 정부라고 할 수는 없다. 옳고 그름을 실질적으로 결정하는 것이 다수가 아니라 양심인 그런 정부는 있을 수 없는가? 그 안에서 다수는 오직 편의의 원칙이 적용될 수 있는 문제들만을 결정하는 그런 정부는 있을 수 없는가? 시민이 한순간만이라도, 혹은 아주 적은 정도라도 자신의 양심을 입법자에게 맡겨야만 하는가? 그렇다면 사람들은 왜 양심을 가지고 있는가?

우리는 먼저 인간이어야 하고, 그다음에 국민이어야 한다고 나는 생각한다. 법에 대한 존경심보다는 먼저 정의에 대한 존경심을 기르는 것이 바람직하다. 내가 떠맡을 권리가 있는 나의 유일한 책무는, 어떤 때이고 간에 내가 옳다고 생각하는 일을 행하는 일이다. 단체에는 양심이 없다는 말이 있는데 그것은 참으로 옳은 말이다. 그러나 양심적인 사람들이 모인 단체는 양심을 가진 단체이다. 법이 사람들을 조금이라도 더 정의로운 인간으로 만든 적은 없다. 오히려 법에 대한 존경심 때문에 선량한 사람들조차도 매일매일 불의의 하수인이 되고 있다.

법에 대한 지나친 존경심이 빚는 일반적이고 자연적인 결과를 당신은 일단의 병사들에게서 볼 수 있다. 놀라울 만큼 질서정연한 대오를 이루며 언덕과 골짜기를 넘어 싸움터로 행군해 가는 대령, 대위, 하사, 사병, 탄약 운반 소년병 등의 행렬에서 볼 수 있는 것이다. 그러나 그들은 자신의 뜻뿐만 아니라 자신의 상식과 양심에도 어긋난 짓을 하고 있기 때문에 행군은 무척 힘들고 가슴은 마구 뛰는 것이다. 그들은 자신들이 하고 있는 일이 저주받을 일임을 조금도 의심하지 않는다. 그들은 모두 원래는 평화를 사랑하는 사람들이기 때문이다. 이제 그들은 무엇인가? 정말 사람들이라고 할 수 있을까? 아니면 권력을 잡은 어떤 파렴치한의 명령을 따르는, 걸어다니는 작은 요새나 탄약고인가?

해군기지를 찾아가서 해병 한 사람을 보라! 그가 바로 미국 정부가 만들어낼 수 있는 사람, 미국 정부가 자신의 주술로 만들어낼 수 있는 사람인 것이다. 그는 단지 인간성의 그림자이며 추억에 지나지 않으며, 산 채로 염을 해서 세워놓은 인간 또는 이미 장송곡과 함께 무기 밑에 묻혀 버린 인간인 것이다. 비록,

> "그의 시체를 성벽으로 급히 운반할 때
> 북소리도 장송곡도 들리지 않았으며,
> 영웅이 묻힌 무덤 위로는
> 어느 병사도 고별 사격을 하지 않았다."[3]

라고 할 수는 있었겠지만.

이처럼 수많은 사람들이 인간으로서가 아니라 기계로서, 자신의 육신을 바쳐 국가를 섬기고 있다. 상비군, 예비군, 간수, 경찰관, 민병대 등이 바로 그런 사람들이다. 대부분의 경우 그들이 판단력이나 도덕 감각을 자율적으로 사용하는 일은 전혀 없으며 오히려 그들 스스로가 자신을 나무나 흙이나 돌과 같은 위치에 놓아버린다. 그래서 나무로 사람을 깎아 만들더라도 그들이 하는 일을 해내는 데는 별 지장이 없을 것이다.

그런 사람들은 짚으로 만든 사람이나 흙덩이 이상의 존경을 받을 자격이 없다. 그들의 값어치는 말이나 개보다 나을 것이 없다. 그런데도 이런 사람들이 보통은 선량한 시민으로 대접을 받고 있다. 그 외에 대다수의 입법자, 정치가, 변호사, 목사 그리고 관리 등이 주로 자신의 머리를 가지고 국가에 봉사하고 있다. 그런데 이들은 도덕적인 변별력이 거의 없기 때문에 자신도 모르는 사이에 하느님뿐만 아니라 악마도 함께 섬기게 된다.

극소수의 사람들만이 참다운 의미의 영웅, 애국자, 순교자, 개혁가로서 그리고 인간으로서 그들의 양심을 가지고 이바지한다.

3) 아일랜드 시인 찰스 울프의 시 '코루나에서의 존 무어 경의 매장'에서 인용.

그런데 그렇기 때문에 그들은 필연적으로 국가에 저항하게 되는 경우가 대부분이며, 따라서 국가로부터 흔히 적으로 취급을 받는다. 현명한 사람은 오직 사람으로만 쓰이기를 바랄 뿐이고, 진흙이 되어 바람구멍을 막는 데 쓰이는 것을 바라지 않을 것이다. 자신이 죽어 흙이 된 다음에는 그런 역할을 맡으려 할지도 모르겠지만.

> "누구의 소유물이 되기에는,
> 누구의 제2인자가 되기에는,
> 또 세계의 어느 왕국의 쓸 만한
> 하인이나 도구가 되기에는
> 나는 너무나도 고귀하게 태어났다."[4]

같은 인간을 위해 자기 자신을 모두 내주는 사람은 쓸모없는 이기주의자로 보이지만 자기 자신의 일부만을 주는 사람은 자선가나 박애주의자라고 불린다.

오늘날 이 미국 정부에 대하여 어떻게 처신하는 것이 한 인간

---

4) 셰익스피어의 〈존 왕〉 5막 2장에서 인용.

으로서 올바른 자세일까? 나는 대답한다. 수치감 없이는 이 정부와 관계를 가질 수 없노라고 말이다. 나는 노예의 정부이기도 한 이 정치적 조직을 나의 정부로 단 한순간이라도 인정할 수 없다.

모든 사람이 혁명의 권리를 인정한다. 다시 말해서, 정부의 폭정이나 무능이 너무나 커서 참을 수 없을 때는 정부에 대한 충성을 거부하고 정부에 저항하는 권리 말이다. 그러나 거의 모든 사람들이 지금은 그런 경우가 아니라고 말한다. 그러면서도 그들은 1775년의 혁명[5]은 그런 경우였다고 생각한다. 만일 누가 이 정부에 대하여, 외국에서 들여오는 어떤 상품에 세금을 매겼으므로 나쁜 정부라고 말한다 하더라도 나는 정부의 행동에 크게 신경을 쓰지 않을 것이다. 왜냐하면 나는 그런 물건 없이도 살아갈 수 있기 때문이다.

모든 기계에는 마찰이 있게 마련이다. 그러나 이 마찰은 자신의 악을 상쇄할 만한 선도 만들어내고 있을 것이다. 아무튼 이러한 마찰 때문에 소란을 일으키는 것은 큰 잘못이다. 그러나 그 마

---

5) 1775년의 혁명 _ 영국에 대한 아메리카 식민지의 독립전쟁을 가리킨다. 독립을 선언한 것은 1776년이고 영국이 미국을 공식 인정한 것은 1783년이었다. 아래에 "정부가 어떤 상품에 세금을 매기고……" 운운한 것은 영국이 아메리카 식민지에 수입되는 차에 세금을 매긴 것을 말하며, 그에 대한 식민지 주민의 분노가 미국 독립운동의 한 도화선이 되었다.

찰이 기계 자체를 삼켜, 억압과 강탈이 조직화될 때에는 더 이상 그런 기계를 내버려두어서는 안 될 것이다.

다시 말해서, 자유의 피난처임을 자임해오던 나라의 국민의 6분의 1이 노예이고, 또 한 나라의 전 국토가 외국 군대에게 짓밟히고 점령되어 군법의 지배하에 놓였을 때, 정직한 사람들이 일어나 저항하고 혁명을 일으키는 것은 아무 때라도 결코 이르다고 할 수는 없다. 그렇게 할 의무가 더욱 시급한 것은, 이 짓밟힌 나라가 우리나라가 아니며, 오히려 침입한 군대가 우리나라 군대라는 사실 때문이다.

도덕적 문제에 대해 많은 사람들이 권위자라고 인정하는 페일리[6]는 그의 저서의 〈시민의 정부에 대한 복종의 의무〉라는 장에서 모든 시민적 의무를 편법의 차원에서 해석하고 있다. 그리하여 그는 다음과 같이 말한다. "사회 전반의 이해관계가 그것을 요구하는 한, 다시 말해서 일반 국민에게 불편을 주지 않고는 기존 정부에 저항하거나 그 정부를 바꿀 수 없는 한 기존 정부에 복종하는 것이 신의 뜻이다. 그러나 그 이상은 아니다.", "이러한 원리

---

6) 윌리엄 페일리(1743~1805) _ 영국의 신학자 겸 철학자. 이 구절은 그의 저서 《도덕 및 정치철학의 원리》로부터 인용했다.

를 인정한다면 모든 개별적인 저항이 정당한 것이냐 아니냐는, 한편으로는 위험과 불만, 다른 한편으로는 개선의 가능성과 비용을 계산함으로써 결정할 수 있다." 이에 대해서는 각자가 스스로 판단해야 할 것이라고 그는 말한다.

그러나 페일리는 편의의 원칙을 적용할 수 없는 경우들은 생각해보지 않은 것 같다. 즉, 한 개인이든 또는 국가이든 어떠한 대가를 치르고서라도 정의를 행하지 않으면 안 되는 경우 말이다. 내가 만약 물에 빠져 허우적거리는 사람으로부터 부당하게 널빤지를 빼앗았다면 나는 비록 나 자신이 물에 빠져 죽는 한이 있더라도 그 널빤지를 그에게 돌려주어야 한다.

페일리의 말대로 한다면 이것은 불편한 일일 것이다. 그러나 그런 경우 자신의 목숨을 구하려고 하는 자는 그 목숨을 잃고 말 것이다. 미국민은 노예제도와 멕시코에 대한 전쟁을 중지하지 않으면 안 된다. 비록 그렇게 함으로써 미국민이 하나의 국민으로 존재하는 것에 종지부를 찍는 대가를 치르게 되더라도 말이다.

여러 나라들이 실제로는 페일리의 말처럼 행동을 하고 있다. 그러나 현재의 위기에서 매사추세츠 주가 올바른 행동을 하고 있다고 생각하는 사람이 누가 있는가?

"국가라는 이름의 창녀, 은 옷을 걸친 매음부가

옷자락을 걷어올렸지만,

영혼은 진흙 속에 끌리고 있구나."[7]


사실대로 말한다면, 매사추세츠 주의 개혁에 반대하는 사람들은 남부의 10만 정치인들이 아니라 이곳의 10만 상인들과 농부들이다. 그들은 인도人道에 대해서보다는 장사나 농사에 더 큰 관심을 가지고 있을 뿐, 어떤 대가를 치르면서까지 노예와 멕시코에 대해 정의를 실천하기 위한 마음의 준비가 되어있는 사람들은 아니다. 나는 결코 멀리에 있는 적들을 비난하는 것이 아니다. 바로 가까이에 있으면서도 먼 곳에 있는 자들과 협력하고 그들이 시키는 대로 하고 있는 자들을 비난하는 것이다. 이런 사람들이 없다면 멀리 있는 적들은 아무런 해를 끼치지 못할 것이다.

우리는 입버릇처럼 말하기를 대중은 아직도 멀었다고 한다. 그러나 발전이 느린 진짜 이유는 그 소수마저도 다수의 대중보다 실질적으로 더 현명하거나 더 훌륭하지 않기 때문이다. 많은 사람들이 당신처럼 선하게 되는 것이 중요한 일은 아니다. 그보다

---

7) 씨릴 터너(1575?~1626)의 〈복수자들의 비극〉에서 인용.

는 단 몇 사람이라도 '절대적으로 선한 사람'이 어디엔가 있는 것이 더 중요한 일이다. 왜냐하면 그 사람들이 전체를 발효시킬 효모이기 때문이다.

허다한 사람들이 노예제도와 멕시코 전쟁에 반대하는 소신을 가지고 있다. 그러나 그들은 실질적으로 그것들을 종식시키기 위해 하는 일이 아무것도 없다. 그들은 조지 워싱턴과 벤저민 프랭클린의 자손들이라고 자처하면서도 호주머니에 손을 넣은 채로 가만히 앉아, 무엇을 해야 할지 모르겠다며, 또 실지로 아무 일도 하지 않고 있다. 심지어 그들은 자유의 문제마저 자유무역의 문제의 뒷전으로 미루어버리고, 저녁을 먹은 다음에는 차분히 당일의 물품 시세표와 멕시코로부터 온 최근의 전쟁 소식을 읽다가는 필시 그것들 위에 엎드려 잠이나 자고 마는 것이다.

오늘날 정직한 애국자의 시세는 얼마인가? 사람들은 망설이고 후회하는가 하면 때로는 탄원서를 내기도 한다. 그러나 진지하게 추진하여 효과를 거둘 정도의 일은 하지 않는다. 그들은 남들이 악을 몰아내어 더 이상 자신이 그 문제로 고민하지 않게 되기를 호의적인 자세로 기다린다. 기껏해야 그들은 선거 때 값싼 표 하나를 던져주고, 정의가 그들 옆을 지나갈 때 허약한 안색으로 성공을 빌 뿐이다. 덕을 찬양하는 사람이 999명이라면 진짜 덕인은 한 사람뿐이다. 그러나 어떤 물건을 잠시 보관하는 사람과 거래하기보다는 그 물건의 실제 주인과 거래하는 것이 더 나은 것이다.

투표는 모두 일종의 도박이다. 장기나 주사위놀이와 같다. 단지 약간의 도덕적 색채를 띠었을 뿐이다. 도덕적인 문제들을 가지고 옳으냐 그르냐 노름을 하는 것이다. 그러므로 당연히 내기가 뒤따른다. 그러나 투표자의 인격을 거는 것은 아니다. 나는 내가 옳다고 생각하는 쪽에 표를 던지겠지만 옳은 쪽이 승리를 해야 한다며 목숨을 걸 정도는 아니다. 나는 그 문제를 다수에게 맡기려는 것이다. 그러므로 그 책임은 편의의 책임 정도를 결코 넘지 못한다.

정의 편에 투표하는 것도 정의를 위해 어떤 행동을 하는 것은 아니다. 단지 정의가 승리하기를 바란다는 당신의 의사를 사람들에게 가볍게 표시하는 것일 뿐이다. 현명한 사람이라면 정의를 운수에 맡기려고 하지 않을 것이며, 정의가 다수의 힘을 통해 실현되기를 바라지도 않을 것이다.

대중의 행동에는 덕이란 게 별로 없다. 결국에 가서 다수가 노예제도의 폐지에 표를 던지게 될 때는 그들이 노예제도에 관심이 없어졌기 때문이거나 또는 투표에 의해 폐지될 만한 노예제도가 거의 남아있지 않기 때문일 것이다. 그들만이 그때 가서 남아있는 유일한 노예들일 것이다. 자신의 표를 가지고 스스로의 자유를 주장하는 사람만이 그 표를 통하여 노예제도의 폐지를 앞당길 수 있다.

들리는 바에 의하면 볼티모어인가 어딘가에서 대통령 후보를 뽑기 위한 전당대회가 열린다고 하는데, 주로 신문 편집인들과 직업 정치인들로 구성되었다고 한다. 그런데 생각하건대, 그들이 어떤 결정을 내리든 그것이 독립심과 지성을 갖춘 한 존경할 만한 인사에게 어떤 의미를 갖겠는가? 전당 대회의 결과에 관계없이 우리는 그의 지혜와 정직성의 혜택을 보게 되지 않겠는가? 우리는 얼마쯤의 독립 표가 있는 것을 기대해도 되지 않겠는가? 이 나라에는 전당대회에 참가하지 않는 많은 개인들이 있지 않은가?

그러나 그게 아닌 것이다. 소위 존경할 만한 인사는 곧 자기의 소신에서 벗어나 방황하며, 이 나라가 돌아가는 꼴에 절망감을 느낀다. 그의 이런 모습에는 오히려 나라가 더 절망감을 느껴야 하리라. 곧이어 그는 전당대회에서 선출된 후보들 중의 하나를 가능한 유일의 후보로 받아들인다. 그의 이런 행동은 그가 자신이 선택한 그 선동 정치가의 어떤 목적에도 이용당할 수 있음을 드러내는 것이다. 그의 표의 가치는 아무런 정견定見이 없는 어떤 외국인이나 미국 태생이라도 돈에 매수된 사람의 그것보다 더 나을 것이 없다.

아! 사람다운 사람, 내 이웃이 말하듯이 등뼈가 있어 남의 손에 결코 놀아나지 않는 사람이 있다면! 우리나라의 통계는 잘못되어 있다. 인구가 실제 이상으로 많은 것으로 되어있다. 이 나라에는 몇 천 평방마일 안에 사람들이 얼마나 살고 있을까? 평균 한 명도 채 되지 않을 것이다. 아메리카 대륙은 사람들이 와서 정착해 살 만한 매력을 전혀 갖지 못했는가?

미국인은 하나의 '오드 펠로우'[8]로 전락해버렸다. 오드 펠로우는 떼 지어 사는 군거 기관의 발달과, 지성과 발랄한 자신감의 명백한 결여로 특징지어질 수 있을 것이다. 세상에 태어나면서부터 그들의 첫 번째 관심사, 주된 관심사는 양로원이 잘 수리되어 있는지를 알아보는 것이요, 합법적으로 성년복을 입기도 전에 장차 생길지도 모를 과부와 고아를 위해 기금을 모으는 일이다. 한마디로 말해서, 그는 죽은 다음에 제대로 장례식을 치러주겠다는 상호보험회사의 약속을 듣고서야 인생을 살아갈 엄두를 내는 사람이다.

한 인간의 의무가 어떤 악을(비록 그것이 엄청난 악일지라도) 근

8) 오드 펠로우Odd Fellow _ 18세기 영국에서 창립된 일종의 비밀 공제조합의 회원.

절하는 데 자신의 몸을 바치는 것이라고는 물론 할 수 없다. 그는 그 밖에도 다른 할 일들이 있는 것이며 그것들을 추구할 온당한 권리가 있다. 그러나 그는 최소한 그 악과 관계를 끊을 의무가 있으며, 비록 더 이상 그 악에 관심을 기울이지 않더라도 그 악을 실질적으로 지원하는 일이 없도록 할 의무가 있다. 내가 다른 사업이나 계획에 전념하고 있더라도, 내가 다른 사람의 어깨 위에 올라타고 앉아 그를 괴롭히면서 내 일을 하고 있는 것은 아닌가 먼저 살펴야 할 것이다. 만약 그렇다면 먼저 그 사람의 어깨에서 내려와야 할 것이다. 그 사람 역시 자신의 계획을 추진할 수 있도록 말이다.

그러나 실지로는 얼마나 큰 모순이 용납되고 있는지 살펴보자. 나는 우리 마을의 어떤 사람들이 이런 이야기를 하는 것을 들은 적이 있다. "(정부가) 나보고 노예 폭동을 진압하러 가라거나 멕시코 전쟁에 나가라고 명령하는 것을 들어보고 싶어. 내가 나갈 것 같아?"

그러나 바로 이 사람들이 직접적으로는 자신들의 충성심으로, 간접적으로는 자신들이 내는 돈으로 대리병을 한 사람씩 내보내고 있는 것이다. 옳지 않은 전쟁에 나가기를 거부하는 군인이, 그 전쟁의 당사자인 옳지 않은 정부에 대한 지지를 거부하지 않는 사람들로부터 칭송받고 있다. 이 군인은 자신의 행동으로 이 사람들의 행위와 권위를 무시하고 멸시했음에도 불구하고 그들의 칭송을 받는 것이다. 마치 국가가 죄짓는 행위를 잠시나마 완전히 중단하는 것이 아니라, 죄는 짓고 있으면서도 사람 하나를 사서 자기를 채찍질하는 정도의 회개를 하는 셈이다.

이리하여 질서와 시민 정부라는 이름 아래 우리는 모두 우리 자신의 비열함에 경의를 표하고 그것을 지지하게 되고 만다. 처음 죄를 지을 때는 부끄러움으로 얼굴을 붉히지만 곧 무관심하게 된다. 부도덕은 무도덕이 되고 마는데, 그것도 우리 생활에 필요한 것이 된다.

가장 광범위하게 잘못이 행해지려면 가장 사심 없는 덕이 그것을 뒷받침해주어야 한다. 애국심이라는 미덕은 흔히 가벼운 질책을 받는데, 그 질책은 고결한 사람들일수록 가장 받기 쉽다. 정부의 성격과 처사에 대해서는 찬성하지 않으면서도 충성과 지지를 보내는 사람들은 의심할 나위 없이 정부의 가장 성실한 후원자들이고, 따라서 개혁에 가장 심각한 장애가 될 경우가 많다. 이들 중 어떤 사람들은 주 정부더러 합중국을 해체하고 대통령의 요구를 묵살하라고 진정서를 내고 있다.

왜 그들 자신은 자기들과 주 정부의 연합 관계를 해체하지 않으며, 자기들 몫의 세금을 주 정부에 바치기를 거부하지 않는가?

그들과 주 정부의 관계는 주 정부와 합중국의 관계와 똑같은 것이 아닌가? 그들이 주 정부를 거부하지 못하는 것과 똑같은 이유에서 주 정부도 합중국을 거부하지 못하는 것이 아니겠는가?

사람이 어떻게 단순히 어떤 의견을 갖는 것만으로 만족하고 그 의견을 즐길 수 있겠는가? 만약 자신의 의견에 자기가 부당한 대우를 받고 있다면 그 의견에 무슨 즐거움이 있겠는가? 만일 당신이 이웃 사람에게 단 1달러라도 사기를 당했다면 당신은 사기를 당했다는 것을 아는 것만으로, 또는 사기를 당했다고 말하는 것만으로, 또는 그 사람에게 돈을 돌려 달라고 사정하는 것만으로 만족하지는 않을 것이다. 당신은 즉시 그 돈을 모두 돌려받기 위한 효과적인 수단을 쓸 것이고 다시는 사기당하지 않도록 주의를 할 것이다.

원칙에 따른 행동, 즉 정의를 알고 실천하는 것은 사물을 변화시키고 관계를 변화시킨다. 그것은 본질적으로 혁명적이며, 과거에 있던 것들과는 완전히 다른 것이다. 그것은 국가와 교회를 갈라놓으며 가족을 갈라놓는다. 심지어 그것은 한 개인[9]조차도 갈

---

9) 개인 _ 개인을 가리키는 영어 individual은 '더 이상 나눌 수 없는 것'이라는 뜻을 가지고 있다.

라놓는다. 즉 한 개인 속에 있는 '악마적인 요소'와 '신적인 요소'를 분리시키는 것이다.

불의의 법들이 존재한다. 우리는 그 법을 준수하는 것으로 만족할 것인가, 아니면 그 법을 개정하려고 노력하면서 개정에 성공할 때까지는 그 법을 준수할 것인가, 아니면 당장이라도 그 법을 어길 것인가?

사람들은 일반적으로, 지금과 같은 정부 밑에서는 다수를 설득시켜 법을 개정시킬 수 있을 때까지는 기다려야 한다고 생각한다. 그들은 만약 저항한다면 치료가 병보다 더 나쁠 것이라고 생각한다.

그러나 치료가 병보다 더 나쁜 것은 정부의 잘못이다. 정부가 치료를 더 나쁜 것으로 만드는 것이다. 왜 정부는 좀 더 앞을 내다보고 개혁에 대한 준비를 하지 않는가? 왜 정부는 현명한 소수를 소중히 여기지 않는가? 왜 정부는 상처도 입기도 전에 야단법석을 떨며 막으려 드는가? 왜 정부는 시민들로 하여금 방심하지 않고 항상 정부의 잘못을 지적하며, 정부가 기대하는 이상으로 시민들이 잘하도록 격려하지 않는가? 왜 정부는 항상 예수를 십자가에 매달며, 코페르니쿠스와 루터를 파문하고, 조지 워싱턴과 프랭클린을 '반역자'라 부르는가?

정부의 권위를 고의적으로 또 실제적으로 부정하는 것은 정부가 그 가능성을 한 번도 생각해보지 않은 유일한 범죄일 것 같은 생각이 든다. 그렇지 않고서야 왜 정부가 그에 대해 명확하고도 적절하고, 형평에 맞는 처벌을 정해 놓지 않았겠는가? 만일 아무 재산도 없는 사람이 단 한 번이라도 주 정부에 9실링[10]을 내기를 거부한다면 그는 곧바로 감옥에 구속될 것이며, 그 기간 역시 정해진 법률 형기가 없기 때문에 구속시킨 자들의 재량에 따라 결정될 것이다. 그러나 그가 주 정부로부터 9실링의 90배를 훔친다면 그는 곧 다시 자유의 몸이 될 것이다.

만약 불의가 정부라는 기계의 필수 불가결한 마찰의 일부분이라면 그냥 내버려두라, 그냥 내버려두라. 모르긴 하지만 그 기계는 매끄럽게 닳아서 돌아갈 것이다. 그렇지 않더라도 결국에는 닳아 없어질 것이다. 만일 그 불의가 그 자체를 위한 스프링이나 도르래, 로프나 크랭크를 가지고 있다면 치료법이 병보다 더 나쁠 것인지 아닌지를 생각해보는 게 좋으리라.

그러나 이 불의가 당신으로 하여금 다른 사람에게 불의를 행하는 하수인이 되라고 요구한다면, 분명히 말하는데, 그 법을 어

---

10) 9실링은 당시의 인두세에 해당하는 금액이다.

기라. 당신의 생명으로 하여금 그 기계를 멈추는 역마찰이 되도록 하라. 내가 해야 할 일은, 내가 극력 비난하는 해악에게 나 자신을 빌려주는 일은 어쨌든 간에 없도록 하는 것이다.

악을 치료하기 위해 정부가 마련한 방법들을 받아들이자는 얘기가 있는데, 나는 그런 방법들을 알지 못한다. 그런 방법들은 시간이 너무 오래 걸린다. 그전에 사람의 목숨이 끝날 것이다.

내게는 다른 할 일들이 있는 것이다. 내가 이 세상에 온 것은 세상을 살기 좋은 곳으로 만들려는 중요한 목적이 있어서가 아니라, 좋든 나쁘든 그 안에서 살기 위해서이다. 한 사람이 모든 일을 다 해야 하는 것은 아니다. 그중 어떤 일만 하면 된다. 그리고 그가 모든 일을 할 수 없다고 해서 어떤 나쁜 일을 해야만 하는 것은 아니다.

주지사나 주 의회에 탄원하는 것이 내가 할 일은 아니다. 그것은 그들이 내게 탄원하는 것이 그들의 일이 아님과 마찬가지다. 그리고 내가 탄원을 하더라도 그들이 나의 탄원을 들어주지 않는다면 그다음에 내가 할 일은 무엇인가? 그러나 이러한 경우에 대비하여 주 정부가 마련해 놓은 방법은 아무것도 없다. 주의 헌법 자체가 해악인 것이다.

나의 이런 말이 가혹하고 고집스럽고 비타협적으로 들릴는지도 모르겠다. 그러나 이것이야말로 그 헌법을 평가할 줄 알고 그 것을 가질 자격이 있는 유일한 정신을 지극한 친절과 배려로 대접하는 것이다. 사람의 몸을 격동시키는 탄생이나 죽음처럼, 발전을 위한 모든 변화는 다 그러한 것이다.

나는 서슴없이 말한다. 노예제도 폐지론자로 자처하는 사람들은 몸으로나 재산으로나 매사추세츠 주 정부를 지원하는 일을 지금 당장 중지하여야 한다고. 그리고 정의가 자신들을 통해 승리하도록 노력하지 않고, 한 표 앞선 다수가 될 때까지 기다려서는 안 된다고. 만약 그들이 하느님을 자기편으로 두었다면 그것으로 충분하며, 다른 사람을 기다릴 필요는 없다고 나는 생각한다. 더욱이, 어떤 사람이든지 그가 자기 이웃들보다 더 의롭다면 그는 이미 '한 사람으로서의 다수'[11]를 형성하고 있는 것이다.

나는 이 미국 정부 또는 그 대리인인 주 정부를 1년에 딱 한 번 세금 징수원이라는 사람을 통해서 직접 대면하게 된다. 이것이 나와 같은 입장에 있는 사람이 정부를 대면하는 유일한 방식이다. 그때 정부는 '나를 인정하라'고 분명히 말한다. 이때 당신

---

11) 한 사람으로서의 다수majority of one _ 단 한 사람이라도 도덕적으로 우위이면 그는 이미 다른 사람들을 이길 수 있다는 말로 19세기 미국의 지식인들 사이에 자주 사용 되던 어구이다..

이 정부에 대해 만족하지도 않고 사랑하지도 않는다는 사실을 표명하는 가장 간단하고 가장 효과적이며 또 현재의 조건에서 가장 불가피한 방식은 바로 정부를 부정하는 것이다. 여기서 내가 실제로 상대하게 되는 사람은 나의 점잖은 이웃이기도 한 세금 징수원이다. 왜냐하면 결국 나는 양피지로 된 문서가 아니라 사람과 다투는 것이며, 내 이웃은 정부의 대리인이 되기를 자원한 사람인 것이다.

그가, 존경하는 이웃인 나를 선량한 이웃으로 대할 것인가, 아니면 하나의 미치광이며 평화의 교란자로 대할 것인가 하는 문제를 깊이 생각해보고, 이웃 간의 정리에 대한 이 장애물을 자신의 행위에 어울리는 거칠고 성급한 생각이나 말이 없이도 충분히 뛰어넘을 수 있는지를 알고 나서야, 그는 정부의 공무원으로서 또는 인간으로서 자기가 어떤 사람이며 어떠한 일을 하고 있는가를 깨닫게 될 것이다.

나는 이것만은 알고 있다. 즉, 이 매사추세츠 주 안에서 천 사람이, 아니 백 사람이, 아니 내가 이름을 댈 수 있는 열 사람(열 사람의 정직한 사람)이, 아니 단 한 명의 정직한 사람이라도 노예 소유하기를 그만두고 실지로 노예제도의 방조자의 입장에서 물러나며 그 때문에 형무소에 갇힌다면 미국에서 노예제도가 폐지되리라는 것을 말이다. 시작이 아무리 작은 듯이 보여도 그것은 문제가 되지 않는다. 왜냐하면 한번 행해진 옳은 일은 영원히 행해지기 때문이다. 그러나 우리는 기껏해야 거기에 대해 토론만 하고 있을 뿐이다. 그것이 우리의 사명이라고 하면서. 개혁은 수십 개의 신문을 붙들어 일거리를 주고 있으나 단 한 명의 사람도 붙들지 못하고 있다.

나의 존경하는 이웃인 주 정부의 대사[12]는 매일 주 정부에서 인권 문제의 해결을 위해 바쁘게 뛰는 분이다. 그는 지금 캐롤라이나 주의 감옥에 갇힐지 모르는 위협을 받고 있는데, 그가 그곳의 감옥 대신 매사추세츠 주의 감옥에 죄수로 들어간다면(그 매사추세츠 주 정부는 노예제도의 죄를 자매 주인 캐롤라이나 주에 뒤집어씌우려고 하고 있고, 분쟁의 구실로 기껏 찾아낸 것이 방문객에 대한 냉대뿐이지만) 주 의회는 이 문제를 다음 겨울까지 통째로 미루어 버릴 수는 없을 것이다.

사람 하나라도 부당하게 가두는 정부 밑에서 의로운 사람이 진정 있을 곳은 역시 감옥이다. 매사추세츠 주가 보다 자유분방

---

12) 주 정부의 대사 _ 콩코드 출신 하원의원이었던 새뮤얼 호어를 가리킨다. 캐롤라이나 주가 매사추세츠 주의 흑인 선원들을 배가 항구에 정박하는 동안 가두어 두는 것에 항의하기 위해 1844년 그곳에 갔으나 투옥 및 생명에 대한 위협을 받고 철수했다.

하고 풀이 덜 죽은 사람들을 위해 마련해 놓은 유일한 장소, 또현 시점에서 가장 떳떳한 장소는 감옥이다. 주는 법령에 의해 그곳에 그 사람들을 몰아 가두었지만, 그들은 이미 자신들의 원칙에 따라 스스로를 추방했던 것이다. 도망 노예나 가석방된 멕시코인 죄수나 자기네 종족이 당하는 억울함을 호소하기 위해서 온인디언이 그 사람들을 만날 수 있는 곳은 감옥이다.

격리되어 있으나 실은 더 자유롭고 더 명예스러운 곳, 매사추세츠 주가 자기에게 동조하지 않고 반대하는 사람들을 가두는 곳, 노예의 나라에서 자유인이 명예롭게 기거할 수 있는 유일한 집이 감옥인 것이다. 감옥 안에서 그들의 영향력이 상실되고 그들의 목소리가 더 이상 정부를 괴롭히지 못하며 그들이 그곳의 담장 안에서는 더 이상 정부의 적이 되지 못하리라고 생각하는 사람들이 있다면, 그 사람들은 진리가 오류보다 얼마나 더 강한가를 모르는 것이요, 감옥 안에서 불의를 직접 겪어본 사람이 얼마나 더 큰 설득력을 가지고 효과적으로 싸울 수 있는가를 모르는 것이다.

당신의 온몸으로 투표하라. 단지 한 조각의 종이가 아니라 당신의 영향력 전부를 던지라. 소수가 무력한 것은 다수에게 다소곳이 순응하고 있을 때이다. 그때는 이미 소수라고 할 수도 없다. 그러나 소수가 전력을 다해 막을 때 거역할 수 없는 힘을 갖게 된다. 의로운 사람들을 모두 감옥에 잡아 가두든가, 아니면 전쟁과 노예제도를 포기하든가의 양자택일을 해야 한다면 주 정부는 어떤 길을 택할지 주저하지 않을 것이다.

만약 올해 1천 명이 세금을 내지 않는다 하더라도, 그것은 그들이 세금을 내서 주 정부로 하여금 폭력을 휘두르고 선량한 사람들의 피를 흘리게 하는 것만큼이나 폭력적이고 유혈적인 처사는 아닐 것이다. 만일 평화적인 혁명이란 것이 있을 수 있다면 이것이야말로 평화적인 혁명일 것이다. 만약 세금 징수원이나 그밖의 공무원이 "나는 어떻게 해야 합니까?" 하고 나에게 묻는다면(실제로 그렇게 물은 사람이 있다.) 나는 이렇게 대답할 것이다. "만약 당신이 진정으로 무엇인가 하려고 한다면 당신 직책을 내놓으시오."라고. 국민이 충성을 거부하고 공무원이 자기 자리를 내놓을 때 혁명은 완수되는 것이다.

그러나 피를 흘릴 경우도 생각해보라. 양심이 상처를 입을 때에도 일종의 피 흘림이 있지 않은가? 그 상처를 통해서 그 사람의 진정한 인간다움과 불멸성이 흘러나가 버리며, 그는 영원한 죽음의 피를 흘리는 것이다. 나는 지금 그 피가 흐르는 것을 본다.

내가 범법자의 재산 압수보다는 그를 구금하는 문제에 대해 살펴본 것은(비록 그 두 가지가 달성하는 목적은 똑같겠지만) 가장 순수한 권리를 주장하고 따라서 부패한 정부에 대해 가장 위험한 사람들은 재산을 모으는 데 많은 시간을 쓰지 않기 때문이다. 그런 사람들에게 정부는 비교적 적은 혜택밖에 주지 않고 있다. 따라서 적은 액수의 세금이라도 그들은 엄청난 부담으로 느끼게 된다. 더욱이 그 돈을 육체노동을 해서 벌어야 하는 사람들의 경우에는 더욱 그렇다. 만일 돈을 전혀 사용하지 않고 사는 사람이 있다면 정부 자신도 그에게 돈을 내라고 요구하기를 주저할 것이다.

부자는(불유쾌한 비교를 하려는 것은 아니지만) 언제나 그를 부자로 만들어준 기관에게 영합하게 마련이다. 단언하는 바이지만, 돈이 많으면 많을수록 덕은 적다. 왜냐하면 돈이 사람과 그의 목적물 사이에 끼어들어 그를 위해 그것들을 획득해주기 때문이다. 그리고 돈을 가지게 된 것도 무슨 큰 덕이 있어서가 아니기 때문이다. 돈이 없었더라면 그가 그 대답을 찾기 위해 고심해야 할 많은 문제들을 돈은 유보시켜 준다. 돈이 있기 때문에 발생하는 유일한 새로운 문제는, 그 돈을 어떻게 쓸 것인가 하는 어려우면서도 부질없는 문제뿐이다. 이리하여 부자의 도덕적 기반이 발밑부터 송두리째 흔들리게 된다. 이른바 '수단'이란 것이 늘어갈수록 삶의 기회들은 줄어든다.

사람이 부자가 되었을 때 자신의 교양을 위해 할 수 있는 최선의 일은, 그가 가난했을 때 품었던 계획을 실천에 옮기는 것이다. 예수는 헤롯 일당[13]에게 그들이 처해 있는 형편에 따라 대답했다. 그는 "세금으로 바치는 돈을 내게 보여라." 하고 말했다. 그러자 한 사람이 돈 한 닢을 꺼냈다. "만일 네가 시저의 모습이 새겨져 있고 시저가 통용 가치를 갖게 한 돈을 사용한다면, 다시 말해서 그 국민으로서 시저의 정부의 혜택을 즐겨 누리고 있다면 그가 요구할 때 그 일부를 바쳐라. 그러므로 시저의 것은 시저에게, 하느님의 것은 하느님께 바쳐라." 헤롯 일당들은 어느 것이 누구의 것인지를 아는 데 전보다 현명해진 것이 없었다. 왜냐하면 그들은 애초부터 알고 싶은 생각이 없었기 때문이다.

내 이웃들 중 가장 자유분방하다는 사람들과 이야기해보면, 그들이 이 문제의 중요성과 심각성에 대해 무슨 말을 하건 그리고 사회 안정에 관한 그들의 관점에 대해 무슨 말을 하건, 결국 그들은 현존하는 정부의 보호 없이는 살 수 없으며, 정부에 불복종하는 경우 그들의 재산과 가정에 미칠 결과를 두려워하고 있음을

---

13) 헤롯 일당 _ 유대 왕 헤롯 안티파스의 가족 및 지지자들로 바리새인들과 함께 예수를 적대시했다. 그들은 예수를 곤경에 빠뜨리기 위하여 예수를 찾아가 "로마 황제인 시저에게 세금을 바치는 것이 옳습니까, 옳지 않습니까?" 하고 물었으며, 예수는 아래와 같이 대답하여 현명하게 빠져나갔던 것이다.

알 수 있었다.

　나 자신의 경우를 얘기한다면, 나는 내가 조금이라도 정부의
보호에 의지하는 입장에 있다고 생각하기는 싫다. 그러나 정부가
납세 고지서를 내게 내밀 때 그 권위를 부정한다면 정부는 곧 나
의 모든 재산을 빼앗아 써버릴 것이고 나와 내 아이들을 끝없이
괴롭힐 것이다. 이것은 견디기 힘든 일이다. 이렇게 되면 한 사람
이 정직하게 살면서 그와 동시에 외적인 면에서 안락하게 사는
것은 불가능하게 된다. 재산을 모으는 것은 헛수고가 될 것이다.
왜냐하면 그것 또한 빼앗길 게 틀림없기 때문이다. 어디 남의 땅
을 조금 빌리거나 또는 무단 점유하여 소량의 농사만을 지어 곧
먹어버려야 할 것이다. 별 여유 없이 근근이 살아야 하고, 자신만
을 의지해야 할 것이다. 또 짐을 꾸려놓고 언제라도 떠날 채비가
되어있어야 하며, 여러 가지 일을 벌려놓아서도 안 될 것이다. 비
록 터키에 가 살아도 모든 면에서 터키 정부의 선량한 백성 노릇
을 하면 부자가 될 수도 있으리라. 공자는 말하기를, "나라에 도
가 있는데도 가난하고 천하다면 부끄러운 일이요, 나라에 도가
없는데도 부하고 귀하면 부끄러운 일이다."[14]라고 했다.

---

14) 《논어》 제14편 1절.

그렇다. 남부의 어느 먼 항구에서 나의 자유가 위협을 받게 되는 일이 생기고 매사추세츠 주의 보호의 손길이 내게 미치기를 내가 원하게 될 때까지는, 또 내가 고향에서 평화적인 사업을 해서 재산 모으기에 전념하게 될 때까지는, 나는 매사추세츠 주에 대해 충성할 것을 거부하고 나의 재산과 생명에 대한 주 정부의 권리를 거부할 수 있다. 나로서는 이러한 정부에 복종하는 것보다는 차라리 불복종의 처벌을 받는 것이 모든 면에서 잃는 것이 적다. 정부에 복종할 경우, 나는 자신의 가치가 전에 비해 떨어짐을 느끼게 될 것이다.

몇 년 전에 주 정부가 교회를 대신하여 나를 만난 일이 있다. 우리 아버지는 설교를 들으려고 참석했으나 나 자신은 한 번도 참석한 일이 없는 어느 교회 목사의 생계를 돕기 위해 일정액의 헌금을 내라고 주 정부는 명령했다. "돈을 내거나 아니면 감옥에 가라."고 말했다.[15]

나는 돈 내는 것을 거부했다. 그러나 불행히도 다른 어떤 사람이 그 돈을 내는 게 마땅하다고 생각하고 나 대신 돈을 내버렸다.

15) 1840년에 있었던 일로서, 평소 교회에 나간 일이 거의 없던 소로우는 당시 일반적으로 부과되던 교회세 납부를 거부했던 것이다.

학교 교사는 목사의 생활비를 위해 세금을 내야 하는데, 왜 목사는 학교 교사를 위해 세금을 내지 않는지 나는 그 이유를 알 수 없었다. 왜냐하면 나는 주 정부에 속한 교사가 아니고 자발적인 기부금으로 생활했기 때문이다.[16]

나는 왜 문화회관[17]은 교회처럼 납부 고지서를 발행하며 주 정부가 그것을 보장해주도록 요구해서는 안 되는지 그 이유를 몰랐다. 그러나 나는 읍의 행정위원들의 요청에 따라 다음과 같은 성명을 내기로 양보했다.

"이제 나 헨리 데이빗 소로우는 내가 가입하지 않은 어떠한 단체의 일원으로도 간주되는 것을 원치 않음을 모든 사람 앞에 고한다."

나는 이 성명서를 읍 서기에게 주었고 그는 그것을 보관하고 있다.

주 정부는 내가 그 교회의 신도로 간주되는 것을 원치 않는다는 사실을 알았기 때문에 그 후로는 한 번도 그와 같은 요구를 하지 않았다. 비록 그 당시에는 원래의 의도를 관철해야 한다고 말

---

16) 1838년에 소로우는 형 존과 함께 진보적인 사설 학교를 설립하여 3년간 운영했다.
17) 문화회관 _ 미국 동북부의 여러 마을에 있던 회관으로 강연, 독서 지도, 토론 등을 통해서 일반인의 교양을 향상시키는 목적을 가지고 있었으며 기부금으로 운영되었다.

했지만. 그때 만일 내가, 내가 가입한 일이 없는 모든 단체의 이름을 알기만 했더라면 나는 그 모든 단체와 아무런 관련이 없음을 일일이 명시했겠지만 그 아무 데서도 모든 단체의 명단을 구할 수는 없었다.

나는 6년 동안 인두세를 물지 않았다. 그 때문에 나는 하룻밤을 감옥에 갇히게 되었다. 두께가 60~90센티미터쯤 되는 단단한 돌벽과, 30센티미터 두께의 나무와 쇠로 된 문과, 햇빛이 스며들어 오는 쇠창살을 바라보며 서 있노라니, 나를 단지 살과 피와 뼈로 된 존재로만 여겨 잡아가두는 이 제도의 어리석음에 그저 경악할 뿐이었다.

나는 주 정부가 나를 가두는 것이 결국은 최상책이라는 결론을 내리면서도 어떤 식으로든 나를 이용하려고 생각하지 않는 점이 오히려 이상하기만 했다. 나와 읍 주민들 사이에는 돌벽이 있었지만, 그 사람들이 나만큼 자유롭게 되려면 그보다 훨씬 더 단단한 벽을 넘거나 부수어야만 한다는 것을 나는 깨달았다.

나는 잠시라도 갇혀 있다는 느낌이 들지 않았다. 그래서 그 벽은 돌과 회반죽을 공연히 낭비한 것처럼 생각되었다. 나는 우리 읍 사람들 중 오직 나만이 세금을 낸 것 같은 기분이 들었다. 주 정부 사람들은 분명히 나를 다루는 방법을 몰랐으며 마치 배우지 못한 사람들처럼 행동했다. 협박을 하든 아첨을 하든, 그들의 행동은 실수투성이였다. 왜냐하면 그들은 나의 가장 큰 소망이 감옥의 돌벽 밖으로 나가는 것이라고 생각했기 때문이다.

그들이 나의 명상의 문에 열심히 자물쇠를 잠그는 것을 보고 나는 실소를 금할 수 없었다. 나의 명상은 허가나 방해를 받지 않으며 그 사람들을 따라 밖으로 다시 나갔는데, 나의 명상이야말로 정말로 위험한 존재였던 것이다. 나를 어떻게 할 수 없게 되자 그들은 나의 육신을 처벌하기로 결심한 모양이었다. 마치 어떤 소년이 앙심을 품은 사람을 때리기에는 역부족인 경우 대신 그 사람의 개를 패듯이 말이다.

나는 주 정부가 머리가 좀 모자란 존재이며, 은수저를 가지고 있는 과부처럼 겁이 많다는 것, 또 누가 친구이고 누가 적인지를 구별하지 못한다는 것을 알았다. 그래서 주 정부에 대해 가지고 있던 약간의 존경심마저 잃어버리고, 오히려 가련하게만 생각되었다.

이와 같이 정부는 한 인간의 지성이나 양심을 상대하려는 의도는 결코 보이지 않고 오직 그의 육체, 그의 감각만을 상대하려고 한다. 정부는 뛰어난 지능이나 정직성으로 무장하지 않고 강력한 물리적 힘으로 무장하고 있다. 나는 누구에게 강요받기 위하여 이 세상에 태어난 것은 아니다. 나는 내 방식대로 숨을 쉬고 내 방식대로 살아갈 것이다. 누가 더 강한지는 두고보도록 하자.

다수가 가진 힘은 어떤 힘인가? 내가 지키는 법보다 더 숭고한 법을 지키는 사람들만이 나에게 뭔가 강요할 수 있다. 이 사람들은 내가 자신들과 같은 사람이 되라고 강요한다. 나는 참다운 인간들이 군중의 강요를 받아 이렇게 또는 저렇게 살았다는 말을 들은 적이 없다. 그런 식의 삶이 도대체 어떤 삶이겠는가?

나에게 "돈을 내놓든지 아니면 목숨을 내놓아라."고 말하는 정부를 만났을 때 내가 왜 황급히 돈을 내야 한단 말인가? 정부는 대단한 곤경에 빠져 어찌할 바를 모르고 있는지도 모른다. 그러나 내가 정부를 도와줄 수는 없다. 내가 나 자신의 일을 처리해나가듯 정부도 스스로의 일을 처리해나가야 할 것이다. 곤경에 빠졌다고 해서 훌쩍훌쩍 울어봐야 아무 소용이 없다. 사회라는 기계가 잘 돌아가도록 하는 것은 내 책임이 아니다. 나는 기술자의 아들이 아닌 것이다. 한 알의 도토리와 한 알의 밤이 나란히 땅에 떨어졌을 때, 한쪽이 잘 자라도록 다른 쪽이 양보하여 성장을 멈추고 있는 것을 나는 본 적이 없다. 둘 다 각자의 법칙에 따라 싹이 트고 자라서 커질 만큼 커지다가 어느 한 나무가 다른 나무를 그늘로 가려 죽게 만들고야 말리라. 식물은 자신의 천성에 따라 살지 못하면 죽게 된다. 사람도 마찬가지이다.

　내가 감옥에서 보낸 밤은 참으로 신기하고 흥미로운 밤이었다. 내가 들어갔을 때 죄수들은 셔츠 바람으로 문간에 서서 잡담을 하며 저녁 바람을 쐬고 있었다. 그러나 간수가 "여보게들, 문 잠글 시간이라네." 하고 말하자 그들은 각자 흩어졌고, 나는 그들이 빈방으로 들어가는 발자국 소리를 들었다. 간수는 내가 같은 방을 쓰게 된 죄수를 '아주 좋은 친구이며 영리한 사람'이라고 소개했다.

　문이 잠기자 그는 내게 모자를 걸 곳과 감방 생활의 수칙을 가르쳐주었다. 감방은 한 달에 한 번씩 백색 도료를 칠하는데, 내가 들어간 감방은 적어도 이 읍에서 가장 희고 가장 소박한 가구를 가지고 있고 아마도 가장 깔끔한 방일 것 같았다. 당연한 일이지만 그는 내가 어디서 왔으며 무슨 죄로 들어왔는지를 알고 싶어 했다. 거기에 대해 대답해준 다음 이번에는 내 편에서 그가 어떻게 들어왔는지를 물었다. 물론 그가 정직한 사람일 것이라고 생각하면서. 사실, 나는 그가 그 나름대로 정직한 사람일 것이라고 믿었다. "글쎄, 그자들은 내가 창고에 불을 질렀다

잖아요. 하지만 나는 절대로 그런 짓을 하지 않았어요." 하고 그는 말했다.

내 짐작에 그 사람은 술에 취한 채 창고 안으로 잠자러 들어 갔는데 거기서 담배를 피우다가 불을 낸 것 같았다. 그는 영리한 사람이라는 평을 듣고 있었다. 감옥 안에서 석 달 동안 재판이 열리기를 기다려왔으나 앞으로도 그만큼 더 기다려야 하는 모양이었다. 그러나 무상으로 숙식을 제공받고 있고 또 좋은 대우를 받고 있다고 생각했기 때문에 이곳 생활에 꽤 익숙해져 있었고 어느 정도 만족하고 있었다.

창문 하나는 그가 차지하고 다른 하나는 내가 차지했다. 사람이 이런 곳에 오래 있게 되면 주로 하는 일은 창밖을 내다보는 일이라는 것을 나는 깨달았다. 나는 이 감방에 놓아둔 소책자들을 순식간에 다 읽어버렸다. 그리고나서 나는 그전의 죄수들이 탈옥하느라고 부순 자리와 창살을 톱으로 자른 자리를 살펴보았다. 또 이 방에 있던 여러 사람들의 이야기도 들었다.

나는 이곳에도 내력이 있고 이야깃거리가 있지만 감옥의 담밖으로는 퍼져나가지 않는다는 것을 알았다. 아마도 이곳은 이읍 전체에서 사람들이 시를 짓는 유일한 집일 것이다. 그 시들은 회람으로 돌려지기는 하지만 출판되는 일은 없다. 나는 탈옥을 시도하다 들킨 젊은이들이 지은 꽤 많은 시를 보았는데, 그들은 그 시들을 읊으면서 울분을 달랬던 것이다.

나는 감방 친구에게 말을 시켜 될 수 있는 대로 많은 이야기를 들었다. 그 사람을 다시 보게 되리라고 생각하지 않았기 때문이다. 그러나 시간이 꽤 지나자 그는 잘 시간이 되었음을 암시했다. 그래서 나는 램프를 불어서 껐다.

감방에 하룻밤 누워 있노라니 마치 가보게 되리라고는 전혀 생각하지 않았던 어느 먼 나라를 여행하는 기분이었다. 마을의 광장에 있는 큰 시계가 울리는 소리와 저녁 무렵 마을에서 나는 온갖 소리를 전에는 한 번도 들어본 적이 없는 것처럼 느꼈다. 쇠창살 안에 있는 창문을 열어놓고 잤기 때문에 그 소리들이 들려왔던 것이다. 그것은 마치 나의 고향 마을을 중세의 빛 속에서 다시 보는 것 같았다. 콩코드 강은 라인 강으로 바뀌고, 기사들과 성들의 환영이 눈앞을 스쳐 지나갔다. 거리에서 들려오는 소리는 중세의 시민들의 음성이었다.

나는 본의 아니게 감옥 바로 옆에 있는 마을 여관의 부엌에서 일어나는 일을 보고 듣게 되었다. 이것은 내게는 새롭고도 진기한 경험이었다. 그것은 좀 더 가까이에서 본 내 고향 마을의 모습이었다. 나는 마을의 내부에 꽤 깊숙이 들어가 있었던 것이다.

나는 전에는 마을의 제도들을 똑바로 본 일이 없었다. 감옥은 군청 소재지인 이 마을의 전형적인 제도들 중의 하나이다. 나는 이곳 주민들의 참다운 모습을 이해하기 시작했다.

아침이 되자 문에 나 있는 구멍을 통해 조반이 들어왔다. 자그만 직사각형의 양철 그릇 안에 1파인트의 초콜릿과 갈색 빵과 쇠숟가락이 들어있었다. 간수가 그릇을 가지러 왔을 때 신참내기인 나는 먹고 남은 빵을 도로 내보내려고 했다. 그러자 내 감방 동료가 그 빵을 잡아채서는 점심이나 저녁 식사로 먹기 위해 남겨놓아야 한다고 말했다.

잠시 후 그는 근처의 들에서 건초 작업을 하도록 불려나갔다. 그는 매일 그곳에 가서 일을 하는데, 정오가 지나서야 돌아온다고 했다. 나를 다시 보게 되리라고 생각지 않는다고 말하며 그는 내게 작별 인사를 했다.

내가 감옥에서 나왔을 때(어떤 이[18]가 중간에 개입해서 나 대신 세금을 냈던 것이다.) 나는 어떤 큰 변화, 즉 젊어서 감옥에 들어갔다가 백발노인이 되어서야 비틀거리며 나오는 사람이 봄 직한 큰 변화가 마을에 일어나지는 않았다는 것을 알았다. 그럼에

18) 소로우의 인두세를 대납한 사람은 그의 고모인 마리아 소로우였을 것이라고 한다.

도 불구하고 내가 바라보는 시각(마을과 주와 나라)에는 단순한 시간의 경과로 일어날 수 있는 그 어떤 변화보다도 더 큰 변화가 일어나 있었다.

나는 내가 살고 있는 이 주를 한결 또렷하게 보았다. 나는 나와 더불어 사는 사람들이 선량한 이웃이나 친구로 어느 정도나 신뢰할 수 있는가를 보았다. 그들의 우정은 평온한 시절만의 우정이고, 그들은 올바른 일을 하려고 크게 애쓰지도 않으며, 그들이 가진 편견과 미신으로 인해 나와는 중국 사람이나 말레이 사람만큼이나 다른 인종에 속한다는 것을 알았다. 또 그들은 인류애를 위한 희생에서도 위험스런 짓은 아예 하지 않으며, 심지어는 단지 재산상의 손해만 가져오는 일마저도 하지 않는다는 것을 알았다.

그리고 결국 그들은 도둑이 자기들을 대하듯이 그들도 도둑을 대하는 이상의 고결함은 없는 사람들이라는 것과, 또 형식적인 계율의 준수와 약간의 기도를 통하여, 그리고 가끔 별 쓸모 없는 곧은길을 걸음으로써 구원받기를 원한다는 것을 알게 되었다. 이것은 어쩌면 내 이웃들을 너무 가혹하게 심판하는 것인지 모른다. 왜냐하면 그들의 대부분은 자기 마을에 감옥 같은 제도가 있다는 사실조차도 모르고 있을 것이기 때문이다.

전에 우리 마을에서는 가난한 채무자가 감옥에서 나오면 그를 아는 사람들은 감옥의 쇠창살 모양으로 손가락을 엇갈리게 하고 그 사이로 내다보면서 "안녕하시오?" 하고 인사하는 관습이 있었다. 그러나 나의 이웃들은 나에게 그런 식으로 인사하지는 않았다. 그들은 먼저 나를 쳐다보고는 다음에는 자기들끼리 서로를 쳐다보는 것이었다. 마치 내가 긴 여행에서 돌아온 사람이기라도 한 것처럼.

내가 감옥으로 잡혀간 것은 수선해 달라고 맡겨놓은 구두를 찾으려고 구둣방에 가는 중이었다. 이튿날 아침 감옥에서 풀려나자 나는 그 용무를 마치기 위해 구둣방으로 직행했다. 수선한 구두를 신은 다음에는 허클베리를 따러 가는 한 일행들과 어울렸다. 그들은 나더러 길 안내를 해달라고 보챘다. 반 시간이 지난 후(말이 곧 준비되었기 때문에) 나는 3킬로미터쯤 떨어진 높은 언덕에 있는 허클베리 밭 한가운데에 도착했다. 거기서는 그 어디서도 주 정부 같은 것은 보이지 않았다.

이상이 《나의 감방 생활》[19]의 전부이다.

---

19) 《나의 감방 생활》_ 이탈리아의 시인이며 애국자인 실비오 펠리코(1789~1854)가 오스트리아 정부에 의해 투옥된 경험을 쓴 동명의 회상록에 대한 언급이다. 그 당시에 널리 읽힌 책이었다.

내가 도로세를 내지 않으려고 한 적은 한 번도 없었다. 나는 말을 고분고분 듣지 않는 질 나쁜 피통치자가 되려는 욕구를 가지고 있지만, 그에 못지않게 좋은 이웃이 되고자 하는 강한 욕구 역시 가지고 있기 때문이다. 그리고 학교를 후원하는 문제에 대하여 말하자면, 나는 지금 동포들을 계몽시키는 데 내 몫을 다하고 있다.

나는 세금 고지서의 어떤 특정한 항목에 대해 납세를 거부하고 있는 것은 아니다. 나는 단지 정부에 충성하기를 거부하고, 실질적으로 거기에서 물러나 따로 서 있고 싶은 것이다. 나는 내가 낸 돈이 총이나 총을 쏠 사람을 사지 않는 한 그 돈의 행방을 구태여 추적하려고 하지는 않는다. 왜냐하면 돈 자체는 아무런 죄가 없기 때문이다. 그러나 나는 나의 충성심이 어떤 결과를 맺는지 추적하는 일에는 관심을 갖고 있다. 사실상 나는 조용히, 내 고유의 방식으로 정부에 대해 선전포고를 하는 바이다. 비록 이런 경우에 흔히 그러듯이 가능한 한도에서 계속 정부를 이용하고 그 혜택을 이용하기는 하겠지만 말이다.

만일 다른 사람들이 주 정부에 동조하는 뜻에서 나에게 부과된 세금을 대신 낸다면 그것은 자신들의 세금을 낼 때 했던 일을 다시 되풀이하는 것이다. 아니, 그것은 정부가 행하려고 마음먹는 것보다 더 큰 불의를 행하라고 정부를 부추기는 짓이다. 만일 세금을 부과받은 개인에 대한 그릇된 호의로, 그 사람의 재산을 보호하거나 감옥에 가는 것을 막기 위해 세금을 대신 문다면 그 것은 그들의 사사로운 감정이 공적인 선善을 얼마나 훼방하는지 를 신중하게 생각해보지 않았기 때문이다.

이것이 현재의 나의 입장이다. 그러나 이런 경우 우리는 자신 의 행동이 쓸데없는 고집이나 다른 사람들의 의견에 대한 지나친 존중 때문에 잘못 치우치는 일이 없도록 경계해야 한다. 우리는 자기 자신에게 충실한 행동만을, 또 그 시점에 충실한 행동만을 하도록 노력해야 할 것이다.

나는 때때로 이런 생각을 한다. '사실은 이 사람들은 선량한 사 람들이야. 단지 깨닫지 못하고 있을 뿐이지. 방법만 안다면 그들 은 더 잘할 거야. 왜 너의 이웃들에게 너를 본의 아니게 다루도록 하는 괴로움을 주지?' 그러나 나는 또 이런 생각을 하게 된다. '하 지만 그렇다고 해서 그 사람들이 하는 대로 나도 따라서 해야 하 거나 또는 다른 사람들로 하여금 다른 종류의 더 큰 고통을 받게 내버려두어야 하는 이유가 되지는 못해.'

그러다가 나는 스스로 이렇게 말하기도 한다. '수백만이나 되 는 사람들이 화가 나서도 아니고 악의가 있어서도 아니고 또 어떤 개인적인 감정이 있는 것도 아닌 상태에서 너에게 단지 몇 실링의 돈을 요구하는 것뿐인데, 그리고 그들이 그 요구를 철회하거나 변경할 가능성도 없고(그것이 그들 법률의 특성이다.), 또 네 쪽에서 다른 수백만의 사람들에게 호소할 가능성도 없는데, 왜 너는 이 압도적인 야수 같은 힘과 대립하려 드느냐? 너는 추위나 굶주림, 바람이나 파도에 대해서는 이처럼 완강하게 저항하지는 않는다. 너는 그와 비슷한 무수히 많은 불가항력에 대해서는 조용히 순응하고 있다. 너는 불길 속에 머리를 들이밀지는 않는다.'

그러나 내가 이것을 순전히 야수의 힘으로 생각하지 않고 부분적으로는 인간의 힘이라고 생각하는 만큼, 또 이 수백만과의 관계를 수백만의 짐승이나 무생물과의 관계가 아니라 그 숫자만큼의 인간들과의 관계로 생각하는 만큼, 나는 호소가 가능하다고 생각한다. 즉, 우선 그들로부터 그들을 창조한 이에게, 다음에는 그들로부터 그들 자신에게 호소하는 것이 가능하다고 말이다. 그러나 내가 내 머리를 불 속에 집어넣는다면, 불이나 불을 창조한 이에게 호소할 수는 없으며 오직 나 자신만을 나무랄 수밖에 없다.

내가 만일 사람들의 현재 모습에 만족하고 그에 따라 그들을 대하며, 그들과 내가 마땅히 어떠어떠해야 된다는 나의 요구나 기대에 따라 그들을 대하지 않아도 되는 권리가 나에게 있다는 것을 나 자신에게 설득시킬 수만 있다면, 나는 선량한 회교도나 운명론자처럼 모든 것에 대해 있는 그대로 만족하도록 노력하고 그것이 하느님의 뜻이라고 말할 것이다. 그리고 무엇보다도, 정부의 힘에 대해 저항하는 것과 순전한 야수적 힘이나 자연의 힘에 대항하는 것에는 다음과 같은 차이가 있다. 즉, 정부의 힘에 대해 저항해서 어느 정도의 효과를 거둘 수 있다는 것이다. 그러나 나는 오르페우스[20]처럼 바위나 나무나 짐승의 본성을 변화시키기를 기대할 수는 없다.

나는 어떤 개인이나 국가와 다툴 생각은 없다. 나는 사소한 일을 꼬치꼬치 따지거나 내가 내 이웃보다 잘난 것처럼 내세우고 싶은 생각도 없다. 오히려 나는 이 나라의 법에 순종할 구실을 찾고 있다고 말하고 싶다. 나는 언제라도 기꺼이 그 법을 따를 마음가짐이 되어있는 것이다. 나 스스로를 의심할 정도로 말이다. 그리하여 해마다 세금 징수원이 찾아올 무렵이면 나는 그에 순응할 구실을 찾기 위해 연방 정부와 주 정부가 취한 각종 조치와 그들이 처한 입장 그리고 국민의 기본 정신을 살펴보는 것이다.

---

20) 오르페우스 _ 그리스 신화에 나오는 음악가이자 시인. 하프를 켤 때에 야수들뿐만 아니라 나무와 바위와 강까지도 감동시켰다고 한다.

"우리는 나라를 부모처럼 사랑해야 하며,

어느 때라도 우리의 사랑과 노력이 식어

영광을 돌리지 못하게 되면,

장래의 결과를 소중히 여겨

지배와 이득의 욕망이 아니라

양심과 종교의 문제를 영혼에게 가르쳐야 하느니."[21]


나는 머지않아 정부 당국이 내가 이처럼 추구하는 모든 일을 내 손으로부터 빼앗아가리라고 믿는다. 그렇게 되면 나는, 애국자로서 내 이웃들보다 하나도 나은 점이 없게 될 것이다. 낮은 관점에서 볼 때 미국 헌법은 온갖 결점에도 불구하고 매우 훌륭하고 법률과 법정 또한 존경할 만하다. 주 정부나 미국 정부조차도 이미 많은 사람들이 말한 것처럼 여러 가지 면에서 매우 훌륭하고 희귀한 존재이며, 그것들이 있다는 데에 감사할 만도 하다. 그러나 조금 높은 관점에서 볼 때 주 정부나 미국 정부는 내가 지금까지 설명해온 바대로이다. 그리고 그보다 더 높은 관점이나 가장 높은 관점에서 볼 때에 그 정부들이 무엇이라고 그 누가 말할

---

21) 16세기 영국의 극작가 조지 필의 작품 〈알카자르의 전투〉에서 인용.

수 있을 것이며, 조금인들 볼 가치가 있거나 생각할 가치가 있다고 그 누가 말할 수 있겠는가?

그러나 나는 정부에 큰 관심은 없으며 되도록이면 그에 대해 생각을 하지 않으려고 한다. 이 세상에서조차도 내가 정부 밑에 사는 시간이 많지 않은 것이다. 만일 우리가 자유롭게 사색하고 자유롭게 공상을 하고 자유롭게 상상을 할 수 있다면, 그리하여 존재하지도 않는 것이 존재하는 것처럼 보이는 일이 결코 오래 지속되지 않는다면, 현명치 못한 지배자나 개혁자가 우리를 치명적으로 괴롭힐 수는 없을 것이다.

대부분의 사람들이 나와는 생각이 다르다는 것을 나는 알고 있다. 그러나 이런 문제들이나 그와 비슷한 문제들의 전문적 연구에 일생을 바치고 있는 사람들에 대해 나는 조금도 만족하지 못하고 있다. 정치가들과 입법자들은 너무나 철저하게 제도 안에 자리 잡고 있기 때문에 이러한 문제들을 분명하고 적나라하게 보지 못한다. 그들은 사회를 변화시켜야 한다고 말하지만 그 제도가 없으면 그들은 쉴 장소가 없다. 그들은 어느 면에서는 경험과 분별력을 가진 사람들이라 할 수 있어서 교묘하고 제법 쓸모 있는 제도를 만들어낸 것만은 사실이며, 이 점에 대해 우리는 진심으로 감사하는 바이다. 그러나 그들의 모든 지혜와 유용성은 그다지 넓다고 할 수 없는 한계 안에 있다. 그들은 세상은 정책이나 편법으로 다스려지지 않는다는 사실을 곧잘 잊어버린다.

웹스터[22]는 정부의 이면을 꿰뚫어보는 적이 없으며, 따라서 정부에 대해 권위 있는 말을 할 자격이 없다. 그가 하는 말은 현존하는 정부의 본질적 개혁을 생각하지 않는 입법자들에게는 지극히 지혜로운 말로 들리겠지만, 깊은 생각을 하는 사람들이나 백년대계를 생각하는 입법자들에게 그는 이 문제에 대해 눈 한 번 돌려본 일이 없는 사람으로만 보인다. 이 문제에 대해 차분하고도 사려 깊은 고찰을 한 몇몇 분이 있는 것으로 알고 있는데, 그들이 웹스터의 마음의 넓이와 이해력의 한계를 드러내줄 것을 기대하는 바이다.

그러나 대다수 개혁가들의 값싼 주장이나 그보다 더 값이 싼 정치가들의 지혜와 달변에 비하면, 웹스터의 말은 의미와 가치를 지닌 거의 유일한 말이며 그와 같은 사람이 있다는 것을 우리는 천만다행으로 생각한다. 다른 사람들과 비교해볼 때 그는 언제나 강인하고 독창적이며 그리고 무엇보다도 실제적이다.

---

22) 다니엘 웹스터(1782~1852) _ 명연설가로 유명했던 미국의 변호사이자 정치가. 변호사로 명성을 떨친 다음 정계에 투신하여 미국 역사에 커다란 족적을 남겼다. 텍사스 병합과 멕시코 전쟁에 반대했으나 노예제도에는 타협적인 자세를 고수했다.

하지만 그의 특성은 지혜가 아니라 신중함이다. 변호사이기도 한 웹스터가 신봉하는 진리는 '절대적 진리'가 아니라 일관성 또는 일관된 편의인 것이다. 절대적 진리는 스스로와 항상 조화를 이루고 있으며, 불의와 양립할 수도 있는 정의를 드러내는 일에 주요한 관심을 갖지는 않는다. 웹스터는 '헌법의 수호자'라는 칭호를 듣고 있는데, 그렇게 불릴 충분한 자격이 있다고 생각한다. 왜냐하면 그가 휘두르는 주먹은 공격적이 아니라 방어적인 것이기 때문이다.

그는 지도자가 아니라 추종자이다. 그가 추종하는 지도자들은 1787년의 인사들[23]이다. 그는 말한다. "나는 여러 주를 결합해서 미합중국으로 탄생시킨 최초의 협정을 교란시키려고 시도한 적이 없으며, 그러한 시도를 제안한 적도 없다. 또한 그러한 시도를 지지한 적도 없고 지지하려고 생각한 적도 없다."고. 헌법이 노예 제도를 인정한 점에 대해서 그는 "원래의 계약의 일부이므로 그대로 두자."고 말한다.

비상한 날카로움과 능력을 지닌 사람임에도 불구하고 웹스터는 사실을 단순한 정치적 관계에서 분리시켜, 지성에 의해 절대

---

23) 1787년에 미국 헌법의 초안을 작성한 사람들을 가리킨다.

적으로 처리해야 할 관점에서 보지를 못하는 것이다.(예를 들면, "오늘날 이곳 미국에서 노예제도에 대해 한 인간이 해야 할 일은 무엇인가?" 하고 자문해보는 태도 말이다.)

그는 개인적인 입장에서 단언한다고 하면서, 다음과 같은 궁색한 대답을 하는 처지로 몰려 있다.

"노예제도가 존재하는 주의 정부가 노예제도를 통제해나가는 방식은, 주 정부 당국이 자기 주의 주민에 대하여 지는 책임 그리고 예의와 인도人道와 정의에 관한 일반적인 법률과 하느님에 대하여 지는 책임에 비추어 각 주의 재량에 맡겨야 할 것이다. 그 외의 지역에서 인도주의적 감정이나 그 밖의 이유에서 결성된 조직들은 여기에 대해 간섭할 자격이 일절 없다. 나는 그러한 단체들을 격려한 적이 단 한 번도 없으며 앞으로도 그러할 것이다."

이러한 대답에서 사회적 의무에 대한 새로운 규범이 단 하나라도 나오겠는가? 진리의 보다 순수한 원천을 모르는 사람들, 즉 그 냇물을 따라 상류로 더듬어 올라가지 않은 사람들은, 현명하게도 성서와 헌법 옆에 서서 존경과 겸허의 자세로 그곳의 물을 마신다. 그러나 진리의 시냇물이 이 호수 또는 저 연못에 조금씩 흘러들어 가는 현장을 목격한 사람은 허리띠를 다시 한 번 졸라매고 그 수원水源을 향해 순례를 계속한다.

입법에 대해 천재적 자질을 가진 사람은 아직 미국에 나타나지 않았다. 세계사에서도 그런 사람은 드물다. 웅변가, 정치가, 명연설가들은 무수히 많다. 그러나 오늘날의 어려운 문제에 대한 해결책을 아는 사람은 아직 입을 열지 않았다. 우리는 웅변을 그 자체로 좋아할 뿐, 웅변이 말해주는 어떤 진리나 웅변이 불러일으키는 영웅적 행위를 좋아하지는 않는다.

우리의 입법자들은 아직도 자유무역과 자유, 조합과 공정公正이 한 국민에 대해 가지는 비교가치를 깨닫지 못하고 있다. 그들은 비교적 쉬운 과세나 재정, 상업이나 공업 그리고 농업의 문제들에 대해서조차 천부적 자질이나 재능을 보여주지 못하고 있다. 우리가 만약 우리의 장래를 입법자들이 의회에서 보여주는 말재주에만 전적으로 맡기고, 일반 국민의 풍부한 경험과 효과적인 불만 표시로 잘못을 시정해나가지 않는다면, 미국은 머지않아 여러 나라들 사이에서 그 지위를 잃어버리고 말 것이다.

어쩌면 나는 이런 말을 할 자격이 없을지 모르겠지만《신약성서》가 쓰인 지 1,800년이 지난 오늘날, 입법이라는 학문에 대해 이 책이 던져주는 빛을 활용할 만한 지혜와 실용적인 재능을 가진 입법자는 어디에 있는가?

정부의 권위는, 비록 내가 기꺼이 순종하려는 정부의 권위일지라도 아직까지는 순수하지 못하다. 내가 기꺼이 순종하겠다는 것은, 나는 나보다 더 잘 알고 더 잘할 수 있는 사람에게는 즐거운 마음으로 순종하려고 하기 때문이며, 심지어는 나보다 더 잘 알지도 못하고 더 잘하지도 못하는 사람에게도 그렇게 하는 경우가 많기 때문이다.

엄정하게 말하면, 정부는 피통치자의 허락과 동의를 받아야 한다. 정부는 내가 허용해준 부분 이외에는 나의 신체나 재산에 대해서 순수한 권리를 가질 수 없다. 전제군주제에서 입헌군주제로, 입헌군주제에서 민주주의로 진보해온 것은 개인에 대한 진정한 존중을 향해 온 진보이다. 중국의 철인조차도 개인을 제국의 근본으로 볼 만큼 현명했다.

우리가 알고 있는 바와 같은 민주주의가 정부가 도달할 수 있는 마지막 단계의 진보일까? 인간의 권리를 인정하고 조직화하는 방향으로 한 걸음 더 나아갈 수는 없을까? 국가가 개인을 보다 커다란 독립된 힘으로 보고 국가의 권력과 권위는 이러한 개인의 힘으로부터 나온 것임을 인정하고, 이에 알맞은 대접을 개인에게 해줄 때까지는 진정으로 자유롭고 개화된 국가는 나올 수 없다.

나는 마침내 모든 사람을 공정하게 대할 수 있고 개인을 한 이웃으로 존경할 수 있는 국가를 상상하는 즐거움을 가져본다. 그런 국가는, 일부 소수의 사람들이 국가에 대해 초연하며 국가에 대해 참견하지도 않고 국가의 간섭을 받지 않고 살더라도 이웃과 동포에 대한 의무를 다하는 한 그들이 국가의 안녕을 해치는 자들이라고 생각하지는 않을 것이다. 이러한 열매를 맺고 또 이 열매가 익는 대로 떨어지게 허락해주는 국가는, 그보다 더 완전하고 영광스러운 국가, 내가 상상만 했지 결코 보지는 못한 그런 국가가 탄생하도록 길을 열어줄 것이다.

# 돼지
# 잡아들이기

돼지가 가는 길 앞에 담이 하나 있다.
그 담은 그러나 사람이 길을 막고 있어서
생긴 것이 아니라
돼지 자신이 그쪽으로 가지 않기로
마음먹었기 때문에 생긴 것이다.
이런 점에서 그는 사람보다 더
우월하다고 해야 하지 않을까?

# 돼지 잡아들이기

오후 3시 반.

보트 속에 들어찬 물을 퍼낸 다음 강을 따라 배를 저으면서 명상에 잠길 생각으로 집 밖으로 나왔다. 물이 가득한 웅덩이들과 비에 젖은 풀숲 때문에 강을 따라 걷는 것은 큰길이 아니면 불가능했던 것이다.(이런 때에 보트의 장점이 드러난다.)

그러나 그때 나는 아버지가 기르는 돼지가 도망친 것을 알고는 그만 짜증이 났다. 그놈은 아침을 먹은 다음 우리를 탈출한 모양이었다. 점심은 전혀 건드리지도 않았다. 귀찮은 일이 벌어졌는데 그렇다고 그것을 기피할 수는 없었다. 무게가 200킬로그램쯤 나가는 억센 중돼지를 쫓아가 잡아서 우리에 다시 집어넣는 것은 최소한 반나절은 걸리는 일이었다.(운 좋게 그놈을 빨리 잡을 수 있다 하더라도 말이다.) 내게 떨어진 이 일은 내가 전혀 예상치 못했던 것이었다. 짜증이 난 것은 사실이었다. 그러나 엄연한 현실을 무시할 수도 없었고, 나에게 떨어진 직무를 피할 수도 없었다. "너에게 가장 가까이 있는 직무를 수행하라."는 말도 있지 않은가.

나는 아버지에게 그 돼지 값을 많이 깎아서 팔아버리자고 제안했다. 얼마 전에 인근의 한 농부가 그 돼지를 사겠다고 한 적이 있었는데 마침 돼지는 그 사람이 사는 방향의 어딘가로 달아나고 있었던 것이다. 그러나 아버지는 내 제안을 듣지 않으셨다. 결국 이 사건을 해결할 모든 책임은 나에게 귀착되었다. 왜냐하면 아버지보다는 아무래도 내가 더 빨리 달릴 수 있기 때문이었다. 아버지는 나만 쳐다보셨고 나는 이제 강 쪽을 바라보는 것을 중지하지 않으면 안 되었다.

자, 그러면 녀석의 뒤를 쫓을 수 있을지 우선 살펴보자.

그렇군, 놈은 여물통 위로 올라갔다가 바로 여기서 우리를 뛰어넘었군. 비가 온 뒤라 발자국이 제법 뚜렷하다. 돼지는 수박과 머스크멜론이 심어진 밭 가장자리를 경유해 콩밭과 감자 밭을 가로질러 갔다. 심지어는 집 앞뜰의 조그마한 길에도 녀석의 갈라진 발굽과 두 개의 날카로운 발톱 자국이 나 있다. 우리가 녀석을 못 본 것이 이상하다. 집 앞에서 돼지는 대문 밑으로 빠져나가 큰길을 건너서는(그때 녀석은 자신이 벌거벗겨졌다는 느낌을 가졌을 게다.) 풀이 무성한 도랑으로 들어갔다. 그런데 거기서 어디로 갔을까?

돼지를 찾아내더라도 붙잡을 방도를 강구해 놓지 않고서야 그 뒤를 추적한들 무슨 소용이 있겠는가? 녀석이 어디어디를 돌아 다녔고 심지어 지금 현재 어디에 있는지 알아본들 무슨 소용인가? 우리가 그 돼지를 키운 짧은 기간 중에도 녀석은 사람을 꽤 나 꺼렸다. 그러니 제 발로 돌아올 리는 없지. 꿀꿀이죽이 생각나서 돌아오지는 않을 거야. 도대체 얼마나 멀리 갔을까? 어쩌면 처음에 왔던 길을 더듬어 브라이튼 가축 시장으로 돌아갔거나 아니면 고향인 오하이오까지 갔을지도 몰라. 일이 잘 풀린다 해도 그 재빠른 녀석을 멀리서 이따금씩 바라보는 것으로 만족해야 될지도 모르지. 녀석이 푸른 풀밭과 옥수수 밭 사이로 재빨리 움직이는 모습을 바라보는 것으로 말이야.

그런데 200미터 앞 저 길 한가운데서 유유히 왔다 갔다 하는 게 무엇일까? 바로 우리 돼지 아닌가! 우리를 애태우려는 듯이 또는 더 이상 주저하지 말고 우리의 오후 시간을 허비하라고 유혹이라도 하는 듯이 녀석은 자신의 모습을 이처럼 드러낸 것이

다. 녀석은 코로 30센티미터나 60센티미터쯤 땅을 파더니 그 한
복판에 배를 깔고 엎드려 버렸다. 그러나 졸고 있는 현장을 덮칠
생각은 아예 말아야 한다. 두 눈과 두 귀로 사방을 경계하고 있는
데다 이미 쫓긴 경험이 있지 않은가.

마차 한 대가 길에 나타나자 돼지는 경계를 하면서 상당한 간
격을 유지한다. 놈은 나를 보더니 오던 길을 돌아서 간다. 돼지는
어떤 집의 앞뜰로 들어간다. 이제 내가 가서 그 집의 대문만 닫을
수 있다면 일은 99퍼센트 성공이다. 그런데 어럽쇼! 녀석은 내가
쫓아오는 소리를 듣고 위험을 감지하고는 돼지다운 교활함과 속
력을 발휘하여 다시 밖으로 나온다. 이웃 사람이 길에 서 있다가
돼지 앞을 막는다. 녀석은 그 사람을 피해 길 이쪽으로 뛰고 또
저쪽으로 뛰지만 계속 저지를 당하자 세 번째는 먼저 앞으로 나
가 옆으로 빠져 달아난다.

"누구네 돼지요?"

이웃 사람이 묻는다.

"우리 돼집니다."

돼지는 바로 그 사람네 앞뜰로 달려 들어가더니 마당을 지나
달아나버린다. 낌새를 보니 아까도 이 집에 들어왔나 보다. 녀석
은 길을 잘 알고 있다. 아니, 저놈이 이웃집의 화단을 엉망으로

만든 것 좀 봐! 돼지는 구근식물을 꽤나 좋아하는 것 같다. 이웃 사람은 구근이 달려 있는 커다란 꽃 한 그루를 집어 올리더니 팔을 뻗쳐서 들어 보인다. 그는 지금 우리 돼지 때문에 흥분해 있다. 이 문제에 꽤나 큰 관심을 깃고 있다. 하지만 돼지는 지금 어디에 있을까? 녀석이 외양간 옆을 지나가는 것을 본 게 마지막이었다.

여기 옥수수 밭에 돼지의 발자국이 다시 나 있다. 그러나 발자국은 풀 속에서 사라지고 만다. 우리는 돼지의 행방을 놓친 것이다. 여기저기 샅샅이 뒤져보지만 헛일이다. 놈은 멀리 도망친 것 같다.

하지만 들어보라! 꿀꿀 소리가 들린다. 그러나 30분 동안이나 꿀꿀 소리는 들리지만 모습은 보이지 않는다. 드디어 강가에서 돼지의 발자국을 새로 찾아내지만 다시 잃고 만다. 이웃 사람들의 밭을 가로질러 갈 때마다 그들은 자신이 돼지를 잃었던 경험이며 돼지를 모는 방법 등에 대해 한마디씩 한다. 그러나 그런 얘기를 들으면 내 마음은 더욱 착잡해진다. 돼지는 첫 번째 이웃 사람의 밭을 다시 지나 큰길에 가 있다는 소식이 들려온다. 하지만 지금 나는 그곳에서 꽤 떨어진 곳에 있다.

돼지를 마지막으로 본 지 45분쯤 지나 녀석은 드디어 내 시야에 다시 모습을 드러냈다. 그놈은 길을 통째로 차지하고는 총총 걸음을 치고 있었다. 그러다가 이제는 물웅덩이에 배를 깔고 주저앉는다. 다시 일어나 앞으로 나가려다가 100미터 전방에 있는 나를 발견하고는 잠시 생각에 잠긴다. 돼지는 자기가 어느 쪽으로 가기를 내가 원하는가를 생각해보고는 그 반대쪽으로 움직였다. 그놈을 갓길로 몰고가다가(아니면 멋대로 가도록 내버려두다가) 우리 집 대문 앞에 이르렀을 때 그 밑으로 몰아넣을 방법을 생각해보았지만 그게 무슨 소용이 있겠는가? 계속 100미터의 간격을 유지하는 놈을 어떻게 몰아서 잡을 수 있겠는가? 녀석은 우리가 이루고 있는 삼각형의 가장 긴 변이 30미터 이하가 되는 것을 결코 허용하지 않는다.

큰길이 우리 집 앞뜰을 지나기 바로 전에 조그마한 샛길이 직각으로 갈라져 나가는 지점이 있다. 그런데 나는 돼지를 이 지점 너머로 몰아갈 수가 없었다. 두 번이나 돼지는 그 좁은 길로 들어가 버렸다. 녀석은 내가 그것을 바라지 않는 것을 알고 있었던 것이다. 큰길이 넓고 훤히 트인 데다 길 가는 사람이 하나도 없었는데도 내가 이 갈라지는 지점 너머로 돼지를 몰려고 하면 그는 한결같이 머리를 내 쪽으로 돌리고는 이리 피하고 저리 피하다가 그 좁은 샛길로 들어가 버리거나 아니면 방향을 돌려 큰길을 다시 내려가는 것이었다. 마치 우리 집 쪽에 어떤 커다란 장애물이 세워져 있어 녀석을 막기라도 하는 것 같았다.

그러나 놈의 고집이나 내 고집이나 사실은 피장파장인 것이다. 돼지의 책략과 독립심에는 차라리 존경심을 갖게 된다. 녀석은 자기 자신이기를 고집하고 있다. 내가 나 자신이든 아니든 말이다. 돼지가 내 뜻을 거스른다고 해서 사리를 모르는 동물이라고 할 수는 없다. 오히려 사리를 더 잘 안다고 해야 되리라. 그는 강한 의지를 가지고 있다. 그는 자신의 의견에 확신을 가지고 있다.

돼지가 가는 길 앞에 담이 하나 있다. 그러나 그 담은 사람이 길을 막고 있어서 생긴 것이 아니라 돼지 자신이 그쪽으로 가지 않기로 마음먹었기 때문에 생긴 것이다. 이런 점에서 그는 사람보다 더 우월하다고 해야 하지 않을까?

돼지는 다시 한 번 샛길로 빠지더니 길 한 모퉁이에 서서 잠시 생각에 잠겼다. 놈은 자신에게 현명한 결정을 내리고는 듬성듬성 엮은 울타리 틈새로 빠져나가 동쪽 방향으로 사라졌다. 새로운 밭과 새로운 목초지로 가버린 것이다. 자기 집 대문 앞에 나와 서 있던 이웃 사람들이 반은 동정 조로 한마디씩 건넨다.

"그놈의 돼지 잡기 힘들 걸세."

"만만찮은 일이 떨어진 셈이지."

돼지는 내 눈앞에서 사라지고 없다. 하지만 멀리 앞쪽에 있는 어느 넓은 밭에 있다는 소식이 전해진다. 우리는 그곳으로 갔지만 돼지에게로 곧장 다가가지 않고 잠시 내버려두기로 한다.

일이 이쯤 되자 우리는 일을 빨리 해결하기 위해 아일랜드 사람 하나를 고용하기로 했다.

"제가 그놈을 꼭 잡고 말겠습니다."

그는 나폴레옹과도 같은 자신감을 가지고 장담한다. 그는 이 돼지가 아일랜드 혈통을 가진 돼지일 거라고 생각한다. 그의 옆에는 모자를 쓰지 않은 그의 아내가 서 있다. 일곱 살 먹은 수다쟁이 꼬마인 그의 아들도 함께 있다.

"자니야, 저쪽으로 뛰어가 있거라."

자신의 진로와는 최대한의 넓은 각도로 아이를 보낸다.

"하지만 어린애가 무엇을 하겠소?"

"아닙니다. 돼지가 어디로 가는지 지켜보다가 내게 알리라고 보낸 겁니다."

아일랜드 사람인 마이클은 얼마 지나지 않아 우리 돼지가 아일랜드 혈통이 아니라는 것을 깨닫는다. 그의 아내와 어린 자니의 일거리도 없어졌다. 10분 후, 나는 옥수수 밭에 난 돼지 발자국을 따라 참을성 있게 추적해 간다. 시력이 좋지 않은 사람 하나가 내

옆에서 일을 거든다. 밭을 계속 지나 동쪽 방향으로 한참 가다가 마침내는 공로公路에 이르렀고 그러고는 공동묘지가 있는 곳까지 왔다. 그러나 아무 소리도 들리지 않았고 아무것도 보이지 않았다. 어떤 사람이 개를 풀어 돼지를 쫓으면 어떻겠냐고 제안한다. 한편 아버지는 대장장이에게 돼지를 팔아넘기려고 이야기를 나누고 계신다. 대장장이는 우선 돼지를 한번 보자고 한다.

돼지가 동쪽 방향으로 사라진 지 15분쯤 되어 녀석이 훨씬 북쪽에 있는 강변에 두 차례나 모습을 보였다는 얘기가 들려온다. 첫 번째 이웃 사람의 땅을 지나서 그리로 갔을 것이다. 나는 그쪽으로 향한다. 저 멀리 돼지가 큰길을 건너고 마이클이 그 뒤를 쫓는 모습이 보인다. 돼지는 작은 샛길로 도망친다. 나는 그곳에 가서 틈새를 막고 서 있고, 마이클은 반대편에 서서 돼지를 한쪽 구석으로 몰려고 한다. 그러나 돼지를 어느 집 뜰로 몰아넣으려는 것은 헛된 일이다. 이때 마차 제조 공작소의 문이 열려 있는 것이 보인다.

"플래너리 씨, 돼지를 그리로 몰아넣으세요!"

이번만은 돼지와 나의 생각이 같다. 돼지가 공작소 안으로 달려 들어가자 우리는 문을 닫아버렸다. 이제 밧줄을 준비할 차례다. 공작소는 커다란 창고로 되었는데 마차들이 들어차 있었다.

마침내 밧줄이 준비되었다. 돼지가 창문으로 달아나지 못하도록 창문을 모두 마차로 막아놓는다. 돼지는 멀리 한쪽 구석에 배를 깔고 조용히 쉬고 있다. 마음속으로 인간을 향해 온갖 욕설을 퍼붓고 있으리라.

이제 돼지 몰이는 보다 좁은 경계선 안에서 또 한 번 시작된다. 돼지가 달아나면서 마차 굴대에 쿵쿵 부딪친다. 아직도 우리는 돼지한테 손을 못 대고 있다. 놈은 눈과 귀로 경계를 게을리하지 않는다. 마차 밑에 들어가 있는 돼지를 몰아내려고 꼬마들을 그리로 들여보내 본다. 돼지는 입에 거품을 뿜으면서 아이들을 위협한다. 드디어 돼지가 일순간 바퀴살 사이에 끼었다. 나는 녀석의 뒷다리 하나를 잡고 매달렸다. 돼지는 귀청이 떠나가게 비명을 지른다. 그러더니 잠잠해진다. 돼지의 한쪽 뒷다리에 밧줄을 묶었다.

공작소 문이 열리고 돼지를 끌고가는 일이 시작된다. 차라리 달걀을 앞으로 굴리는 게 더 쉽겠다. 돼지를 앞에서 끌 수 있을지는 모르나 뒤에서 모는 것은 불가능에 가깝다. 그러나 어쨌든 놈을 길에까지 끌어냈다.

그런데 갑자기 천둥을 동반한 소나기가 쏟아진다. 한 손엔 밧줄, 다른 손에는 채찍을 쥐어든 마이클을 뒤에 남긴 채 나는 집으로 향했다. 마이클은 돼지를 데리고 조금씩 서쪽으로 나아가는 듯 보였다.

그러나 너무 오래 지체되기에 되돌아가보니 마이클은 몇 걸음도 앞으로 나아가질 못하고 있는 것이 아닌가. 남자 아이 하나로 하여금 작대기를 들고 앞쪽에서 마주 보게 했는데, 돼지가 화를 내어 그 아이에게 무섭게 달려들 때만 집 쪽으로의 전진이 이루어진다. 이러다가는 돼지를 집으로 채 몰고가기도 전에 아이가 죽을 것만 같다. 나는 외바퀴 손수레를 하나 가져와서는 사태 수습에 나섰다. 마이클은 전전긍긍하고 있었다. 돼지가 미친 듯이 화를 내며 그를 물려고 달려든다. 우리는 돼지를 손수레로 끌고가 그 위에 올려놓은 다음 움직이지 못하게 하면서 마침내 집으로 실어 나르는 데 성공한다.

만약 기르던 억센 중돼지가 우리를 뛰쳐나가는 일이 생기면 먼저 가능한 한 녀석의 현 위치를 알아두라. 돼지가 놀라지 않도록 하라. 돼지를 가둘 만한 곳으로 어떤 안뜰이나 건물 또는 울타리로 둘러싸인 곳 등을 미리 생각해두라. 그러고 나서 돼지로부터 75미터나 100미터쯤 떨어진 데서 당신의 완력을 과시함으로써 돼지로 하여금 자발적으로 그곳에 들어가도록 유도하라. 돼지가 들어갔으면 문을 살짝 닫으라. 이제 돼지를 한쪽으로 몰고가서 묶은 다음 수레나 외바퀴 손수레에 실으라.

돼지를 모는 데 있어 어떤 진척이 있었다면 그것은 모두 집이 있는 쪽에서 돼지를 마주 보고 채찍질할 때 이루어진 것이었다. 이때 돼지는 채찍질하는 사람에게 달려들기 때문에 원하는 방향으로 1미터쯤 전진하게 되는 것이다. 내가 손수레를 가지고 돼지에게 다가갔을 때도 놈은 그것과 맞부딪칠 생각으로 단호하게 앞으로 나왔던 것이다.

그리하여 나는 꽤 어두워져서야 집에 도착할 수 있었다. 흠뻑 젖은 데다 저녁밥도 아직 먹지 못했으며, 온몸은 진흙과 바퀴의 윤활유로 범벅이었다. 강가에 가서 따오려던 진기한 꽃은 한 송이도 가져오지 못한 채 말이다.


지난 금요일(20일) 오후 내가 외출한 동안 돼지가 또다시 우리를 빠져나가 강변으로 달아났다. 다음 날 돼지의 소리는 들었지만 찾지는 못했다. 그날 밤 놈이 홍수로 인해 저습지 한가운데에 생긴 섬 위에 있는 것을 본 사람이 있었으나 그 후 얼마 동안은 아무런 얘기도 들려오지 않았다. 파머 씨는 나더러 칼라일 마을에 사는 에이 헤일이라는 사람을 찾아가보라고 했다. 그 사람은 개 한 마리를 가지고 있는데, 4시간 이상 되지 않은 돼지 발자국을 쫓게 한다면 그 개는 돼지를 잡을 수 있다는 것이었다. 돼지의 귀를 문 채 사람이 오기를 기다리는데 돼지를 다치지 않게 한다고 했다. 바로 이것이 최선의 방법인 것이다. 열 명의 사람이 길에서 돼지를 잡으려고 해도 돼시는 빠져 달아난다. 이런 경우 영특한 개 한 마리만 있으면 된다는 것이 사람들의 중론이었다. 에이 헤일 씨네 개처럼 돼지 귀를 물어 제압하되 불필요한 상처를 주지 않는 그런 개 말이다. 한두 사람은 말하기를, "내게 그런 개가 있다면 돈을 받고 돼지를 잡아줄 텐데." 하는 것이었다.

이웃 사람들은 대체로 동정적이었다. 온 읍이 우리 돼지를 화제로 삼았다. 사람마다 자기가 기르던 짐승을 잃고 속상해하던 일에 대해 이야기했다. 어떤 사람은 자기 돼지가 멀리 웨스트퍼드 마을에까지 가 있다는 얘기를 마지막으로 듣고는 그 후로는 깜깜무소식이라고 했다. 또 다른 사람은 돼지가 달아나다 기둥에 아주 세게 부딪쳐 잠시 기절한 틈에야 간신히 붙잡았다고 했다. 우리 돼지는 원래 숲 속에서 태어난 것이 틀림없으리라는 것이 마을 사람들의 생각이었다. 뛰고 달리는 모습이 영락없는 늑대라는 것이었다.

어떤 사람은 돼지우리를 높게 짓느니 차라리 맨 상단의 판자를 우리 위에 수평으로 얹어놓을 것을 권유했다. 그러면 돼지가 뛰어오르다가 앞다리가 위 판자에 걸리더라도 매달려 흔들리기만 하지 별일이 없으리라는 것이었다. 어떤 사람은 자기는 돼지를 살 때 가축 시장에 내다놓은 수많은 돼지들 중에서 고르는 일은 결코 없을 것이라고 했다. 우리 돼지는 날뛰는 모습이 놈의 몸속에 아직 악마가 들어있기라도 한 것 같았다. 사람들은 돼지를 잡는 데는 영특한 개 한 마리만 있으면 된다는 데에 대체로 동의했다.

그러자 마구를 만드는 로렌스가 불쑥 나서더니 자기 경험을 들려주었다. 언젠가 그는 이웃 마을에 갔다가 돼지를 모는 데 낀 적이 있었다는 것이다. 그 돼지는 몸무게가 400킬로그램쯤 나가는 데다 우리를 뛰쳐나간 지 한참이 되었다. 하지만 사람들은 그 돼지가 돌아다니는 곳을 대충은 알고 있었다. 드디어 그들은 명견 한 마리를 구했다. 사람들은 개가 돼지를 놀라게 해서 일을 그르치지 않도록 개를 줄로 묶었다. 그러고는 아주 조심스럽게 돼지가 있는 분지로 다가가서는 돼지 소리가 들리는 곳까지 접근했다. 만약 돼지가 깨어있다가 사람 소리를 듣기라도 하면 꿀꿀 소리 한 번 내고 튀어 달아나버릴 것이다. 그렇게 되면 만사가 끝장인 것이다. 그다음에는 어떻게 할 도리가 없다.

사람들은 귓속말로 모의를 했다. 그러고는 개를 풀기로 결론을 내렸다. 그들은 개를 풀었다. 다음 순간 그들은 개가 무섭게 비명을 지르는 것을 들었다. 달려가서 보니 돼지는 종적이 없고 개가 온몸이 찢긴 채로 죽어있는 것이 아닌가! 이 이야기를 듣더니 사람들은 모두 기막히다는 듯이 혀를 끌끌 차는 것이었다. 개의 주가는 땅에 떨어지고 우리 집 돼지를 잡을 전망은 한층 더 요원해 보였다.

아버지와 나는 돼지를 상하지 않고 잡아주는 사람에게 2달러를 주겠노라고 현상금을 내걸었다. 마침내 26일, 소식이 있었다. 녀석을 읍의 북쪽에서 잡아서 묶어놓았다는 것이었다. 돼지가 흔히 그런다고 사람들이 말하듯 놈은 소택지로 들어간 모양이었다. 돼지를 잡은 사람은 스패니얼 사냥개 한 마리를 데리고 돼지를 추적했는데, 그 개는 한 번도 돼지를 정면에서 몰거나 돼지의 몸을 건드리거나 하지 않았다는 것이다. 그 사람 말에 의하면 그 개는 '돼지의 진을 빼면서' 돼지를 계속 몰아가다가 사람들에게 현 위치를 알려주곤 했다는 것이다. 사람들과의 거리가 멀어지면 개는 사람들이 다가올 때까지 그 자리에 멈추어 돼지와 대치하고 서 있었다고 한다.

돼지는 27일 사지가 묶인 채 집으로 끌려와서는 새로운 우리에 가두어졌다. 새 우리는 바닥이 몹시 깊었다. 우리를 그보다 더 깊게 만들자는 얘기도 있었으나 아버지는 무슨 성벽 같은 것을 쌓을 생각은 없으신 모양이었다. 돼지를 잡아와 2달러의 현상금을 받아간 사람도 그만하면 어떤 돼지라도 가두어둘 수 있겠다고 말했다. 아버지는 돼지를 무슨 우물같이 깊은 곳에 가두어놓을 생각은 없다고 말씀하셨다.

# 가을의
# 빛깔들

10월은 채색된 잎의 달이다.
잎들이 화려하게 타오르면서
그 불빛이 온 세상을 비춘다.
과일과 잎사귀 들, 또 하루마저도
지기 직전에 보다 선명한 빛을 발한다.
저물어가는 한 해도 마찬가지다.
10월은 한 해의 저녁노을이며
11월은 그 이후의 땅거미라고
할 수 있으리라.

# 가을의 빛깔들

미국에 오는 유럽인들은 이곳의 가을 잎의 빛깔들을 보고 찬탄을 금치 못한다. 영시에는 그러한 현상에 대한 묘사가 없다. 왜냐하면 영국에서는 나무들이 가을에 불과 몇 가지의 단풍 색밖에 띠지 못하기 때문이다. 스코틀랜드의 자연 시인 톰슨이 그의 작품 〈가을〉 속에서 단풍에 대해 묘사한 가장 긴 표현이 다음 시구이다.

"그러나 시들어가는 저 온갖 색의 숲을 보라.

시골마다 짙어가는

저 색조들을.

잎사귀들은

어둑어둑한 색에서 땅거미 색까지,

또 창백한 녹색에서

검댕같이 어두운 색까지 각양각색이다."

이것 말고는 그가 '노란 숲 위로 빛나는 가을'을 표현한 짧은 시구가 있을 뿐이다.

그러나 단풍은 아직 미국 문학에도 특별히 깊은 인상을 심어 놓지는 못했다. 이 나라의 시는 아직은 10월의 빛깔에 물들지 않은 것이다.

도시에서 평생을 보내고 단풍이 한창일 때 시골에 와본 일이 없는 많은 사람들은 이 한 해의 꽃, 아니 한 해의 과일을 한 번도 보지 못하고 있다. 나는 그런 도시 사람 한 명과 함께 마차를 타고 여행을 한 일이 있다. 그때는 단풍의 절정기가 지난 지 보름이나 됐음에도 불구하고 그 사람은 가을 풍경에 놀라움을 금치 못했으며, 나뭇잎의 색깔이 그보다 더 찬란할 수 있다는 사실을 믿으려 하지 않았다. 그는 그러한 현상에 대해 들어본 적이 없다고 말했다. 사실 읍에 사는 사람들도 이 현상을 주의 깊게 보지 않으며, 추억 속에 간직하는 사람은 더욱 적은 것이다.

대부분의 사람들은 나뭇잎에 단풍이 드는 현상을 잎이 시드는 것으로 잘못 알고 있다. 그러나 그것은 잘 익은 사과를 썩은 사과로 보는 것과 다를 바 없다. 잎의 색깔이 보다 진한 색으로 변하는 것은 완전한 숙성 단계에 이르렀다는 증거이며 과일이 익어가는 것에 비견할 수 있다. 대체로 가장 먼저 색이 변하는 것은 나무의 가장 아래쪽에 있는 가장 오래된 잎사귀이다. 그러나 완벽한 날개를 지닌 화려한 빛깔의 곤충이 수명이 짧듯 완숙한 잎은 머지않아 떨어지게 된다. 일반적으로 말해서, 과일은 익어서 떨어질 때가 가까워지면 화려한 색조를 띤다. 이때 그 과일은 보다 독립적이고 개인적인 삶을 시작하며 양분도 그리 많이 필요로 하지 않는다. 양분 섭취는 이제 줄기를 통해 흙으로부터 하는 것보다는 태양과 공기로부터 더 많이 하게 된다.

이와 똑같은 현상이 잎사귀에도 일어난다. 식물학자들은 이처럼 화려한 색조를 띠는 것은 '산소의 흡수가 증가되기 때문'이라고 한다. 그러나 이것은 현상의 과학적인 설명이며 사실의 재확인에 지나지 않는다. 아름다운 처녀를 보면 나는 그녀의 장밋빛 볼에 관심을 갖지, 그녀가 주로 무슨 음식을 먹는가를 알아내려고 하지는 않는다. 숲과 초원은 지구를 둘러싸고 있는 얇은 피막이며, 자신이 성숙했다는 증거로 화려한 색깔을 나타내는 것이리라. 마치 지구 자체가 가지에 달린 하나의 과일로, 태양을 향해 항상 그 뺨을 내밀기라도 하는 것처럼 말이다.

꽃은 기실 화려한 색을 띤 잎에 지나지 않으며, 과일은 숙성한 잎에 지나지 않는다. 식물학자들은 과일은 잎이 변해서 된 것이며, 과일의 먹는 부분은 대체로 '그 잎의 유조직이나 육질 부위'라고 말한다.

사람의 식성은 어떤 것이 익어가는 현상, 즉 그것의 색깔이나 성숙도, 완벽성 등을 보는 우리의 시야를 흔히 우리가 먹는 과일들로 한정시켜 버렸다. 그래서 우리는 우리가 먹지도 않고 거의 이용도 하지 않는 어마어마한 양의 수확을 자연의 여신이 매년 거두어들이고 있다는 사실을 잊는다. 해마다 열리는 가축 및 원예 전시회에는 보기 좋은 과일들이 무수히 전시되지만 그것들은 사람의 입에 들어가면서 그다지 명예스럽지 못하게 최후를 맞는다. 이들은 자신의 아름다움 때문에 대접을 받는 과일들은 아니다. 그러나 해마다 여러 읍의 경내와 경외 사방 천지에, 원예 전시회와는 비교가 안 될 정도로 어마어마하게 규모가 큰 과일 전시회가 열리며, 여기에 출품되는 과일은 우리의 미적 취향을, 오직 그것만을 한껏 충족시켜 준다.

10월은 채색된 잎의 달이다. 잎들이 화려하게 타오르면서 그 불빛이 온 세상을 비춘다. 과일과 잎사귀 들, 또 하루 자체마저도 저물기 직전에 보다 선명한 빛을 발한다. 저물어가는 한 해도 마찬가지다. 10월은 한 해의 저녁노을이며 11월은 그 이후의 땅거미라고 할 수 있으리라.

전에 나는 이런 생각을 해본 적이 있다. 즉 모든 나무와 모든 관목, 모든 풀 하나하나마다 그것이 푸른색에서 갈색으로 변하는 과정에서 그 식물 특유의 가장 선명한 색을 띠었을 때 잎 하나를 표본으로 채집하는 것이다. 그러고 나서 그 잎의 윤곽을 그린 다음, 물감으로 그 색을 정확하게 표현해 한 권의 책으로 만들어보는 것이다. 책의 제목은 《10월—일명 가을의 빛깔들》이라고 붙이되, 맨 처음 단풍이 드는 초목부터 시작한다. 우선, 사방으로 퍼져나가는 아메리카 담쟁이의 근생엽을 시초로 하여 단풍나무과와 호두나무과의 여러 나무들과 옻나무속의 나무들을 두루 거쳐서, 사람들에게 낯이 덜 익은, 아름다운 반점을 가진 여러 가지의 잎사귀들을 채집한 다음 가장 늦게까지 남아있는 떡갈나무와 사시나무에까지 이르면 끝이 날 것이다.

그 책은 얼마나 멋진 기념품이 되겠는가? 아무 때나 책장을 들추기만 해도 가을 숲을 산책하는 기분을 느낄 수 있을 것이다. 만약 그 잎사귀들의 색이 바래지 않도록 보존할 수만 있다면 한층 더 멋지지 않겠는가. 나는 그 책을 만드는 데 아직은 큰 진척을 보지 못하고 있다. 그러나 가을 잎들의 온갖 화려한 색깔들을, 그것들이 출현하는 시기 순으로 글로 써서 묘사해보려고는 했다. 다음은 내가 보관하고 있는 원고에서 그 일부를 발췌한 것이다.

# 꽃단풍나무

9월 25일쯤 되면 꽃단풍나무는 대부분 숙성하기 시작한다. 몇 그루의 큰 나무들이 지난 한 주 동안 눈에 띌 만큼 색깔이 변했으며, 홀로 떨어져 있는 나무들 중 몇 그루는 이제 찬란한 빛깔을 하고 있다. 저습지 너머로 800미터쯤 떨어진 푸른 숲 언저리에 있는 작은 꽃단풍나무 한 그루의 모습이 내 눈에 들어온다. 그 나무는 여름에 핀 어느 꽃나무보다 훨씬 선명한 붉은색을 띠고 있으며 그래서 내 눈에도 얼른 띈 것이리라.

나의 관찰에 의하면 이 나무는 벌써 몇 년째 한결같이 자신의 동료들보다 먼저 가을 색을 띠었다. 마치 과일나무들 중 어떤 나무는 다른 나무들보다 먼저 과일을 숙성시키듯 말이다. 어쩌면 이 작은 꽃단풍나무의 색깔이 변하는 때를 기점으로 가을이 정식으로 시작된다고 선포해도 좋을 것이다. 혹시 누가 이 나무를 베는 일이 있다면 나는 너무나도 가슴이 아플 것이다. 내가 알기에는 이런 나무들이 두어 그루 우리 읍에 흩어져 있다. 이 나무들을 '일찍 숙성하는 나무' 혹은 '9월의 나무'로 보급시키는 방법도 있을 것이다. 그래서 우리가 정말로 관심이 있다면 마치 무씨를 광고하듯 이 나무 씨를 묘목 시장에 광고할 수도 있으리라.

지금 이 타오르는 듯한 수풀들은 주로 저습지의 언저리에 자리를 잡고 있거나 또는 멀리 산비탈 여기저기에서 그 모습을 볼 수 있다. 어떤 때는 소택지의 수많은 작은 꽃단풍나무들이 진홍색으로 물든 것을 보는데, 주위의 다른 나무들이 아직도 모두 푸르기 때문에 한결 더 선명하게 보인다. 초가을에 들을 가로질러 가다가 그 나무들 옆을 지나면 깜짝 놀라곤 한다. 마치 인디언들이나 다른 숲사람들이 은밀히 쳐놓은 화려한 야영 현장에 갑자기 맞닥뜨리기라도 한 것 같기 때문이다.

전체가 선명한 진홍빛을 띤 한 그루의 꽃단풍나무는, 아직도 푸르기만 한 동료 나무들이나 상록수들 사이에 끼여 있을 때 한결 인상적이다. 머지않아 그 근처의 꽃단풍나무들이 모두 붉어질 때보다도 더 강렬한 인상을 준다. 한 그루의 나무가 농익은 즙으로 가득 찬 하나의 커다란 주홍색 과일처럼 보일 때 그 모습은 얼마나 아름다운가! 더구나 태양을 향해 바라볼 때 맨 아래 가지로부터 나무 꼭대기까지 모든 잎사귀가 타는 듯이 빨갛게 달아오르는 모습은 참으로 장관이다. 하나의 경치 속에서 그보다 더 멋진 사물이 있을까? 이 믿기 어려울 정도로 아름다운 풍광은 수 킬로미터 떨어진 데서도 보인다. 만약 이런 현상이 단 한 번만 일어났다면 사람들은 구전으로 이것을 후세에 전할 것이고 마침내 그 현상은 신화 속에 유입될 것이다.

이처럼 자신의 동료들보다 먼저 단풍이 드는 한 그루의 나무는 군계일학과도 같은 존재가 되며, 때로는 이 상태를 1주일 내지 2주일간 유지한다. 이런 나무가 녹색 제복을 입은 1개 연대의 숲사람들을 대표해서 주홍색 깃발을 높이 쳐들고 있는 모습을 보면 나는 커다란 황홀감에 휩싸인다. 그래서 그 나무를 좀 더 자세히 관찰하기 위해 800미터나 되는 거리를 돌아가기도 한다. 이처럼 한 그루의 나무가 풀이 무성한 어떤 계곡에서 최고의 아름다움을 지닌 존재가 되면 그 주위의 삼림은 그 나무 덕분에 한결 더 생동감을 띠는 것이다.

멀리 어느 깊은 골짜기에 자라고 있는 한 그루의 꽃단풍나무를 보도록 하자. 길에서 1.5킬로미터는 떨어져 있으며 사람들 눈에도 띄지 않는다. 겨울과 여름 내내 그 나무는 그곳에서 단풍나무의 임무를 충실히 수행하고 단풍나무의 도리를 지켜왔다. 빈둥빈둥 놀러다니는 일이 없이 여러 달 동안 열심히 자람으로써 단풍나무의 덕을 쌓았으며 지금은 지난봄보다 하늘에 더욱 가까워진 것이다. 이 꽃단풍나무는 자신의 수액을 충실히 관리하고 떠도는 새들에게 안식처를 제공했으며 이미 오래전부터 씨를 성숙시켜서는 바람에 날려보냈다. 그리하여 이제는 천 그루의 행실 바른 어린 꽃단풍나무들이 이 세상 어디엔가 자리 잡고 살아가고 있으리라는 생각에 이 나무는 가슴이 뿌듯할 것이다. 이 나무는 단풍나무 왕국의 모범 시민 자격이 충분히 있다.

이 나무의 잎들은 때때로 "우리 언제쯤 빨개지기로 할래?" 하며 귓속말을 속삭여 왔다. 여행의 계절인 9월로 들어선 요즘, 사람들은 산으로 바다로 또 호수로 달려가기에 바쁘다. 그러나 이 겸손한 꽃단풍나무는 한 치도 움직임이 없이 자기만의 여행을 떠난다. 그의 명성이 사방으로 퍼져나가는 것이다. 산허리에 자신의 진홍색 깃발을 내걸어 다른 어떤 나무보다 먼저 여름 작업을 끝냈으며, 따라서 시합에서 일찌감치 물러나겠노라는 뜻을 사방에 밝힌다.

이 나무가 한창 열심히 일할 때는 우리가 주변을 유심히 살펴보아도 그 존재를 알아차릴 수 없던 그런 나무였다. 그러나 한 해가 저물어가는 시점에 이 나무가 성숙해지고 그 표시로 뺨을 붉게 물들인다. 그러면 꽤 멀리 떨어진 길을 걷는 무관심한 나그네에게까지 그 모습이 드러나 이제 나그네의 사념은 먼지투성이의 한길로부터 이 나무가 점유하고 있는 담대한 고독의 세계로 옮겨지는 것이다. 이 나무는 단풍나무가 지닌 온갖 덕과 아름다움을 서슴없이 드러낸다. 꽃단풍나무의 라틴어 이름인 '아케르 루브룸'의 의미가 이제 한결 뚜렷해졌다. 그의 '죄'가 아니라 그의 '덕'이 진홍색인 것이다.[1]

꽃단풍나무가 이 나라의 온갖 나무들 중에서 가장 짙은 붉은색임은 분명하다. 하지만 가장 많은 찬사를 받은 나무는 사탕단풍나무였다. 식물학자 미쇼는 그의 저서 《숲》에서 꽃단풍나무의 가을 색에 대해서는 한마디의 언급도 하지 않았다.

10월 2일쯤에는 크고 작은 꽃단풍나무들이 현란한 색깔을 띤다. 그러나 아직도 많은 나무가 그대로 푸른색이다. 갖가지 종류의 어린나무들만이 자라는 땅에서는 꽃단풍나무들이 서로 경쟁

---

1) 꽃단풍나무의 라틴어 이름인 아케르 루브룸acer rubrum이나 영어 이름인 레드 메이플red maple은 '붉은단풍나무'를 뜻한다. 진홍색scarlet은 영어에서는 '죄악'을 상징하기도 한다.

이라도 하는 듯하다. 그런데 한 무리의 꽃단풍나무들 중에는 유별나게 진한 진홍색 나무가 한 그루 있게 마련이어서, 그 나무는 그 강렬한 색조로 멀리에 있는 우리의 눈을 끌어 곧바로 승리의 영광을 차지해 버린다.

꽃단풍나무가 무수하게 자라고 있는 소택지는 단풍이 한창일 경우에는 이 근처 지역에서 보는 그 어떤 광경보다도 휘황찬란한 모습을 보여준다. 이 나무는 우리 인근에 무수히 많은 수가 자라고 있다. 형태와 색깔도 천차만별이다. 꽤 많은 수의 나무들이 단순한 노란색이지만, 그보다 더 많은 수가 주황색이며 어떤 것들은 진홍색에 가까운 주황색으로 대개의 꽃단풍나무보다 짙은 붉은색이다.

저기 단풍나무와 소나무가 뒤섞여 자라는 소택지를 보도록 하자. 400미터쯤 떨어진, 소나무가 무성한 언덕의 기슭에 있는 소택지 말이다. 그 거리라면 나뭇잎들의 결점은 보이지 않아서 화사한 색깔들이 내는 완전한 시각적인 효과를 감상할 수 있다. 온갖 색조의 노랑, 주황과 진홍의 타오르는 빛이 초록색과 뒤섞여 대조를 이루는 멋진 광경을 말이다. 어떤 단풍나무는 아직도 초록색인데 개암나무 열매의 가시 끝이 그러하듯, 갈라진 잎사귀의 끝만 살짝 노란색이나 진홍색으로 물들어있다. 어떤 나무들은 전체가 찬란한 주황색인데 좌우대칭형으로 규칙적이고 촘촘하게 뻗어나갔다.

날씨가 화창했던 오늘 오후, 나는 저습지를 가로질러 햇볕을 받으며 완만한 오르막길을 걷고 있었다. 그런데 그때 약 250미터 앞쪽에 단풍나무로 무성한 소택지 윗부분이 빛나는 황갈색의 산등성이 위로 드러나는 것을 보았다. 그 소택지는 대략 3미터의 깊이에 100미터의 길이로 뻗쳐 있었는데 너무나도 강렬한 주황과 적황과 노란색이 찬란하게 어우러져 있었다. 그것은 그 어떤 꽃이나 과일 또는 지금까지 그려진 그 어떤 그림에도 결코 뒤지지 않는 멋진 광경이었다. 내가 앞으로 나아갈수록 풍경의 전경을 이루고 있는 산등성이는 점점 낮아졌는데, 그에 따라 그 찬란한 작은 숲은 자신의 면모를 더욱더 많이 드러냈다. 마치 이 아늑한 계곡 전체가 그런 색으로 가득 찬 것만 같았다.

이 나무들의 휘황찬란한 색깔과 넘치는 활력을 보고 이것이 도대체 무슨 영문이며, 나무들이 혹시 무슨 나쁜 짓을 꾸미고 있는 것은 아닌가 하고 이 읍의 교회 장로들과 독실한 신자들이 나와서 보지 않는 것이 오히려 이상할 지경이었다. 나는 우리의 조상인 청교도들이 단풍나무들이 주황색으로 활활 타오르는 매년 이맘때에 무엇을 했는지 모른다. 숲 속에 들어가 예배를 보지는 않았으리라는 것만은 확실하다. 어쩌면 그 양반들이 교회를 짓고 나서 그 주위에 마구간을 빙 둘러 지어 울타리처럼 만든 것은 바로 이 단풍나무들 때문이었으리라는 생각이 든다.

# 느릅나무

10월 초를 기점으로 느릅나무들의 가을 색은 그 아름다움의 절정에 이른다. 뜨거웠던 9월의 화덕의 온기를 아직 간직한 채, 이 갈색이 섞인 노란색의 커다란 밀집체는 길 위로 자신의 모습을 드리우고 있다. 느릅나무 잎들은 이제 완전히 성숙했다. 나는 이 나무들 밑에 사는 사람들의 삶에도 과연 이에 맞먹는 원숙함이 있을까 하고 생각을 해본다.

느릅나무가 줄지어있는 우리 마을의 길거리를 보면 그 형태와 색깔이 노랗게 익어가는 곡식의 물결을 연상케 한다. 마치 노랗게 익은 곡물 밭이 자기 스스로 마을 안으로 찾아든 것만 같다. 그리하여 나는 마침내 마을 사람들의 사념 속에도 어떤 원숙함과

'풍미'가 깃들어있지나 않을까 하는 기대감을 가져본다. 살랑거리는 소리를 내며 길 가는 사람들의 머리 위로 지금이라도 떨어질 것 같은 황금색 잎사귀 더미 아래서 설익은 조잡한 생각이나 행동에 자신을 어떻게 내맡길 수 있겠는가?

어느 집 위로 대여섯 그루의 커다란 느릅나무들이 가지를 늘어뜨리고 있는 현장에 서 있노라면 마치 내가 잘 익은 커다란 호박 속에 들어가 서 있으며 나 자신이 잘 익은 과육 자체인 것처럼 느껴진다.(하지만 나의 과육에는 씨와 섬유질이 꽤 많이 들어있을 것이다.) 일찌감치 성숙하여 황금색을 띠고 있는 미국느릅나무와 비교할 때, 철 지난 오이처럼 시도 때도 모르고 늦철이 되도록 푸르기만 한 영국느릅나무는 도대체 무엇이란 말인가?

거리는 커다란 추수절 행사가 벌어진 현장 같기만 하다. 느릅나무는 이 나무가 가을에 보여주는 모습만으로도 심을 가치가 충분히 있다고 하겠다. 이 커다란 황색의 차양 내지 파라솔 들이 우리의 머리나 집 위에 1.5킬로미터의 길이로 쳐 있어 마을을 아늑하게 만드는 모습을 상상해보라. 그것은 하나의 느릅나무 정원인 동시에 인간이라는 나무를 기르는 묘목장이라 할 수 있지 않겠는가? 그러고 나서 이 나무들은 사람이 눈치채지 못하는 가운데 아주 사뿐히 자신의 짐을 떨어뜨려 긴요한 때에 우리가 원하는 햇빛을 통과시켜준다. 그 잎사귀들이 우리들의 집 지붕이나 거리에 떨어질 때 아무런 소리도 나지 않는다. 이런 식으로 마을의 파라솔은 접혀서 다음에 사용할 때까지 치워지는 것이다.

니는 장사꾼이 곡물을 실은 마차를 몰고 마을로 들어서서 느릅나무의 차양 아래로 사라지는 모습을 볼 때면 마치 그가 어떤 커다란 곡물 창고나 헛간의 앞마당으로 들어가는 듯한 느낌을 받는다. 그 순간 나는 그 사람의 뒤를 쫓아 그곳으로 가고 싶은 충동을 느낀다. 가서, 잘 익어 마른 '사념'이라는 이름의 곡물의 껍질을 벗기는 현장을 목격하고 싶은 것이다. 그러나 애석한 일이다! 내가 그 사람을 따라가보았댔자 기껏해야 껍질과 하찮은 생각들, 말먹이로나 쓸 영글지 못한 사료용 옥수수나 보게 되리라. 왜냐하면 속담에도 있듯이 사람은 뿌린 대로 거둘 것이기 때문이다.

# 낙엽들

10월 6일쯤 되면, 서리나 비가 내린 다음 마치 소나기가 연속적으로 쏟아지듯 잎들이 지기 시작한다. 그러나 가장 중요한 잎의 수확, 즉 '가을'[2]의 절정은 대개는 10월 16일을 전후로 일어난다. 그 무렵의 어떤 날 아침에는 어느 때보다 된서리가 내리고 펌프 아래쪽에는 얼음이 어는 일이 있을 것이다. 이런 날 아침 바람이라도 불면 세찬 소나기라도 쏟아지듯 잎사귀들이 떨어진다. 바람이 약하게 불거나 또는 전혀 불지 않는데도, 갑자기 떨어져 내린 잎들이 땅에 쌓여 푹신한 침대나 양탄자를 형성한다. 그런데

---

2) 가을은 미국식 영어에서는 흔히 fall이라고 하는데 그것에는 물론 '떨어짐'의 의미가 있다.

그 크기나 모양이 위쪽의 나무와 아주 닮았다.

작은 호두나무를 포함한 어떤 나무들은 마치 병사가 명령에 따라 일제히 총을 내려놓듯 일순간에 잎을 떨어트려버린다. 호두나무의 낙엽들은 비록 마르긴 했시만 아식도 밝은 노란색을 잃지 않고 있어 땅바닥으로부터 선명한 빛을 반사한다. 가을이 그 마법의 지팡이를 조심스럽게 한번 갖다 대자마자 잎사귀들은 마치 비가 내리는 듯한 소리를 내며 사방에서 떨어져 내린 것이다.

특히 전날 습기가 많았거나 비가 내린 다음 날 우리는 밤사이에 떨어진 수많은 낙엽들을 목격하게 된다. 비록 사탕단풍나무 잎을 지게 할 정도는 아니더라도 말이다. 마을의 거리에는 전리품들이 수북이 쌓여 있다. 느릅나무의 낙엽들이 암갈색 보도가 되어 사람들의 발에 밟힌다.

하루나 며칠 몹시 화창한 '인디언 서머'[3)]의 날씨가 지속된 다음에야 나는 잎을 지게 만드는 것이 그 무엇보다도 전에 없이 따뜻한 날씨 탓이라는 것을 깨닫는다. 상당 기간 동안 서리나 비가 내리지 않는 상황 아래에서 말이다. 강한 열은 복숭아나 다른 과

---

3) 인디언 서머Indian summer _ 미국 북부와 캐나다 특유의 기후 현상. 늦가을이나 초겨울에 추운 날씨가 계속되다가 하루 내지 며칠 동안 화창한 날씨가 되는 경우가 있는데 이것을 '인디언 서머'라고 한다.

일들을 숙성시키고 그다음에는 나무에서 떨어지게 하는데, 그와 똑같은 이치로 열은 나뭇잎들을 갑자기 숙성시키고는 시들게 하는 것이다.

그 나무들의 한쪽 옆 땅 위에는 낙엽들이 아직도 선명한 빛깔을 잃지 않은 채 나무에 매달려 있을 때와 거의 비슷한 모습으로 누워 있는 것이 보인다. 아니, 차라리 이 경우, 나는 땅 위에 항구적으로 채색된 것 같은 그 나무의 그림자를 먼저 발견했으며, 그다음에야 문득 생각이 나서 그 낙엽들이 매달렸던 실제의 나뭇가지들을 찾아보았다고 해야 할 것이다.

이 늠름한 나무들이 자신의 멋진 외투를 벗어 진흙 위에 깔아놓은 이런 곳이라면 여왕님이라도 그 위를 지나가는 것을 영광으로 생각할 것이다. 그러나 마차들은 나무 그림자 위를 지나가듯 무심하게 낙엽 위를 지나가고 있으며, 마부들도 그 전에 나무 그림자에 신경을 쓰지 않았듯이 전혀 개의치 않는다.

허클베리 관목과 나뭇가지에 있는 새의 보금자리에는 이미 낙엽이 가득 차 있다. 숲에 낙엽이 많이 떨어져 쌓여 있기 때문에 밤이 떨어지는 것을 다람쥐가 뒤쫓을 때는 소리가 나지 않을 수 없다. 마을에서는 아이들이 거리에 떨어진 낙엽을 갈퀴로 긁어모으고 있다. 아이들은 그처럼 깨끗하고 싱그러운 물질을 다루는

재미만으로도 이 일을 기꺼이 하고 있으리라. 어떤 아이들은 길을 아주 깔끔하게 쓸어놓은 다음 가만히 서서 바람결이 새로운 전리품으로 그곳을 다시 어지르는 광경을 바라본다.

소택시에노 낙엽은 잔뜩 쌓여 있다. 낙엽 사이로 양치식물인 석송이 오늘따라 유난히 파랗게 보인다. 나무가 울창한 숲에서는 길이가 15미터나 20미터쯤 되는 물웅덩이를 낙엽이 반쯤 가리는 일도 있다. 얼마 전에 평소 잘 알고 있던 숲 속의 외딴 샘을 찾아갔으나 눈에 띄지 않아 말라버렸나 보다고 생각했다. 사실 그 샘은 새로 떨어진 낙엽에 완전히 가려져 있었던 것이다. 내가 낙엽을 옆으로 쓸어버리고 그 샘을 찾아냈을 때는 마치 아론[4]의 지팡이로 땅을 두드려 새로운 샘을 발굴한 기분이었다.

소택지 주변의 습한 땅도 낙엽에 덮여 있으면 마른땅으로 보이기 일쑤이다. 한번은 어느 소택지에서 측량 작업을 하고 있었는데, 가로놓인 통나무에서 마른 물가려니 생각하고 낙엽 쌓인 곳을 디뎠다가 그만 30센티미터 이상의 깊은 물속에 빠진 일도 있었다.

10월 16일쯤 되어 잎들이 많이 진 다음 날 강변에 가면 내 나

---

4) 아론 _ 구약성서에 나오는 인물로 히브리인의 지도자인 모세의 형이었다. 광야에서 지팡이로 바위를 쳐 샘이 솟도록 했다고 한다.

룻배가 낙엽으로 가득 차 있는 것을 발견한다. 강변의 버드나무 아래에 매두었던 배의 바닥과 앉는 자리는 온통 버드나무 잎으로 뒤덮여 있다. 나는 발밑에서 바스락거리는 낙엽을 짐으로 싣고 배를 출범시킨다. 낙엽을 전부 쓸어내더라도 내일쯤이면 또다시 가득 찰 것이다. 나는 낙엽을 쓸어내 버려야 할 어떤 쓰레기라고 생각하지 않는다. 그것을 내 배의 바닥에 깔기에 안성맞춤인 돗자리라고 여긴다.

배를 저어 나무가 많이 우거진 아사벳 강[5] 어귀로 들어가자 수많은 낙엽들이 마치 함대처럼 물 위에 둥둥 떠 있는 모습이 보인다. 마치 바다를 향해 떠나가려는 듯하다. 낙엽들 사이에는 다소의 간격이 있다. 그러나 조금 더 위로 강가 쪽을 보면 낙엽들이 거품보다 더 빽빽이 엉켜있어 약 5미터 정도의 폭으로 강물을 완전히 뒤덮고 있다. 오리나무와 꼭두서니와 단풍나무 잎사귀들이 물에 전혀 젖지 않은 채 아주 사뿐한 모습으로 모여 있다. 잎사귀의 섬유질이 조금도 풀려 있지 않다.

돌이 많고 강이 굽어지는 지점에서는 때로 아침 바람이 이 낙

---

5) 아사벳 강 _ 콩코드 강의 두 원류 중의 하나. 이 강과 서드베리 강은 콩코드 마을 바로 서쪽에서 합치면서 콩코드 강이 된다.(231쪽 콩코드 지도 상단부 참조)

엽들의 진로를 막기도 하는데 그때 이들은 거의 강폭만큼의 길이로, 넓고 빽빽한 초승달 모양의 집합체를 형성하기도 한다. 내가 뱃머리를 그쪽으로 돌리면 내 배가 일으킨 잔물결들이 밀려가면서 이 낙엽들을 가볍게 친다. 이때 마른 잎들이 서로 부딪치면서 내는 저 살랑거리는 소리는 얼마나 듣기 좋은가!

어떤 때는 낙엽 밑에 강물이 있다는 사실을 오직 잎사귀들의 물결치는 동작을 통해서만 느끼기도 한다. 강가에 거북이 한 마리가 기어가는 동작 하나하나도 낙엽의 바스락거리는 소리 때문에 적나라하게 드러난다. 바람이 불기 시작하면 강 한가운데서도 잎사귀들이 소리를 내며 위쪽으로 흩날린다. 공중으로 날려 올라간 잎사귀들은 강물에 생긴 어떤 커다란 소용돌이 속에 들어가기라도 한 것처럼 천천히 뱅글뱅글 돈다. 실제의 강물의 소용돌이는 '솔송나무 숲' 근처의 강가에서 볼 수 있는데 그곳은 수심이 깊고 조류가 둑 쪽으로 흐르면서 먹혀 없어지는 곳이다.

강물이 너무 잔잔하여 그 위에 온갖 영상이 비치는 날 오후 어느 때, 나는 배를 가만가만 저으면서 강을 따라 내려가본다. 아사벳 강으로 들어가 어느 한적한 작은 만에 이르면 뜻밖에도 나는 자신이 무수히 많은 낙엽들로 둘러싸인 것을 발견한다. 이들은 나와 똑같은 목적을 가진, 아니 나와 똑같이 아무런 목적이 없는 항해가 친구들이라고 할 수 있으리라.

이 고요한 내포에 떠 있는 수많은 나뭇잎 배들을 보라. 잎사귀 하나하나가 태양의 솜씨 덕분으로 가장자리가 위쪽으로 균일하게 휘어져 있고, 잎맥은 가문비나무로 된 꼿꼿한 삼각 핀 역할을 하고 있다. 이들은 온갖 모습의 가죽배들처럼 보인다. 그중에는 저승의 강 스틱스를 건네주는 뱃사공 '카론'의 배도 있으리라. 이 다양한 색깔의 나뭇잎 배들 사이에 때로는 멋진 숲오리를 포함한 여러 가지 색깔의 각종 야생오리들이 와서 헤엄치기도 한다. 이 오리들이야말로 보다 고상한 모형의 소형 범선들이라고 해도 좋을 것이다.

이제 늪지대에 가면 건강에 좋은 약초 즙을 얻을 수 있다. 잎사귀들이 부식될 때 나는 약 냄새는 정말 향긋하다. 갓 지거나 떨어진 풀잎과 낙엽 위에 비가 내리거나, 깨끗한 낙엽들이 떨어진 물웅덩이나 도랑에 비가 내려 물이 가득 차면 이 낙엽들은 차茶로 변한다. 녹색과 흑색, 갈색과 황색의 다양한 빛깔에다 진하기도 가지각색이다. 온 자연이 마시고 수다를 떨기에 부족하지 않을 충분한 양이다. 그 차는 아직은 충분히 달여지지 않았다. 우리가 그것을 마시든 안 마시든 간에, 자연의 위대한 솥 속에서 건조된 이 찻잎들은 너무나 다양하고도 정교한 빛깔을 띠고 있기 때문에 저 유명한 동양의 차들에 결코 뒤지지 않을 것이다.

온갖 종류의 나뭇잎들이 뒤섞여 있다. 떡갈나무와 단풍나무, 밤나무와 자작나무. 하지만 자연은 낙엽 때문에 어지러운 난장판이 되지는 않는다. 자연의 여신은 빈틈없는 농사꾼이다. 그녀는 모든 것을 다 저장해 둔다. 해마다 얼마나 많은 수확물이 땅 위에 쏟아지는가를 생각해보라. 그것이야말로 어떠한 곡식이나 씨앗보다 소중한, 한 해의 가장 중요한 수확물인 것이다. 나무들은 이제 자신이 흙으로부터 섭취해 간 것을 이자까지 더해서 갚고 있다. 그들은 잎 하나만큼 흙의 두께를 더해주려고 한다.

내가 이 사람 저 사람과 농사일에 대해 이야기를 나누고, 그들이 내게 인조 비료라든지 운반비 문제에 대해 열변을 토하는 동안, 자연은 이처럼 멋진 방법으로 자신에게 필요한 거름을 거두어들이고 있다. 나뭇잎들의 부식으로 우리 모두는 한결 더 풍요로워진다. 나는 영국 목초나 옥수수보다는 이 낙엽의 수확에 더 깊은 관심을 갖는다. 그것은 미래의 옥수수 밭과 삼림을 위한 처녀 토양을 마련해주며 그 토양으로 지구는 살찌는 것이다. 낙엽은 우리들 집과 농장을 풍요롭게 한다.

그 어떤 농작물도 낙엽의 변화무쌍한 아름다움에 비교될 수는 없다. 여기에는 곡물의 단순한 노란색뿐만 아니라 우리가 아는 거의 모든 색깔들이 포함되어 있다. 가장 선명한 파란색도 포함해서 말이다. 누구보다 먼저 뺨을 붉히는 단풍나무, 자신의 죄를 진홍색으로 고백하는 옻나무, 짙은 자줏빛 물푸레나무, 풍요로운 황연색의 포플러나무, 화려한 붉은색 허클베리 관목 등등. 산등성이는 양의 등처럼 이런 색깔들로 물들어있다.

서리가 이 잎들을 살짝 건드리고 난 다음 날, 바람이 조금이라도 불거나 지구의 축이 조금 진동하면 잎들은 소나기처럼 져서 내려오기 시작한다. 땅은 이제 낙엽들로 인해 온갖 색으로 알록달록 물들어있다. 그러나 그들은 이대로 죽어가는 것이 아니고 흙 속에 살아남아 흙의 생산력과 부피를 키워준다. 또 그 흙에서 뻗어오르는 숲에서도 그의 삶은 이어진다.

나뭇잎들은 자신의 몸을 굽히지만 그것은 장래에 더 높이 오르기 위해서이다. 그들은 신비로운 화학작용에 의해 수액으로 변해 나무의 몸속을 오른다. 그리하여 한 어린나무의 첫 번째 결실로 지상에 떨어진 나뭇잎은 변신을 거듭한 끝에 그 나무가 훗날 숲의 왕자로 성장했을 때 그 수관樹冠을 장식하게 될지도 모르는 것이다.

갓 떨어진 싱그러운 잎사귀들로 된 이 이불을 바스락거리며 밟고 다니는 것은 참으로 기분 좋은 일이다. 그들이 자신의 무덤으로 가는 모습은 얼마나 아름다운가! 얼마나 사뿐히 자신을 눕힌 다음 부식토로 변하는가! 천 가지 색으로 채색된 이들 낙엽들은 산 사람들의 침대로 써도 좋으리라. 가볍고 경쾌하게 그들은 마지막 휴식처로 몰려간다. 그들은 수의를 입지 않으며, 땅 위를 즐겁게 흩날려 가다가 알맞은 장소를 골라잡는다. 무덤 주위를 장식할 쇠 울타리를 주문하지도 않으며 그 장소에 대하여 온 숲에 소문을 퍼뜨린다. 어떤 낙엽들은 사람들의 육신이 땅속에서 썩어가고 있는 바로 그 무덤 위를 장소로 선택하기도 한다. 마치 그들과 가까이 지내기라도 하려는 듯이.

낙엽들은 자신들의 무덤에 편히 쉬기 전까지 얼마나 오랫동안 공중에 흩날렸던가! 그처럼 높이 치솟았던 그들이건만 얼마나 만족스러운 마음으로 흙으로 돌아가는가! 나무 아래에 묻혀 썩어가며 새로운 세대의 동족을 위하여 얼마나 기꺼이 자양분을 제공하는가!

이 낙엽들은 우리 인간에게 죽음을 맞이하는 방법을 가르쳐준다. 인간은 자신의 불멸성을 자랑하지만 낙엽만큼의 기품과 성숙함을 가지고 죽음에 임할 날이 과연 언제쯤 올 것인가? 머리카락이나 손톱을 자를 때처럼 '인디언 서머'와도 같이 평온한 마음으로 자신의 육신을 떠날 날이 과연 언제쯤 올 것인가?

잎들이 떨어질 때는 온 지구가 걸어다니기에 유쾌한 공동묘지로 변하게 된다. 나는 여기저기를 거닐며 무덤에 묻힌 나뭇잎들을 생각하며 사색에 잠기기를 좋아한다. 이곳에는 거짓투성이거나 허세에 가득 찬 묘비명이 없다. 당신이 오번 산에 묏자리를 갖지 못한다고 한들 그것이 어떻단 말인가? 당신 몫의 땅은 예로부터 신성한 땅으로 알려진 이 거대한 공동묘지 어딘가에 틀림없이 있을 것이다.

당신은 묏자리를 구하기 위해 경매에 참가할 필요가 없다. 이곳에 충분한 공간이 있기 때문이다. 당신이 묻힌 땅 위에는 좁쌀풀이 꽃을 피우고 허클베리 새가 노래를 부를 것이다. 사냥꾼이 당신을 위해 묘지기가 되어줄 것이고 아이들은 무덤 주위의 꽃밭을 마음대로 밟고 다닐 것이다. 낙엽들의 공동묘지를 걸어보자. 이곳이야말로 당신을 위한 참다운 녹원의 묘지이다.

## 사탕단풍나무

그러나 한 해의 멋진 광경이 이제 모두 끝났다고 생각할 필요는 없다. 왜냐하면 잎 하나가 여름의 전부가 아니듯 낙엽 하나가 가을의 전부는 아니기 때문이다.

마을의 거리에 서 있는 키 작은 사탕단풍나무들이 10월 5일처럼 이른 때에 자신들의 모습을 한껏 뽐내고 있다. 그곳에 자라는 그 어떤 나무들보다 말이다. 메인 가를 바라보니 사탕단풍나무들의 모습이 마치 집 앞에 쳐놓은 병풍 같기만 하다. 그러나 그중 상당수의 나무가 아직은 푸른색이다.

그러나 10월 17일쯤 되어 거의 모든 꽃단풍과 은단풍나무의 잎이 지면, 키 큰 사탕단풍나무들마저 노란색과 붉은색으로 타오르며 그 찬란한 아름다움을 과시한다. 사탕단풍나무는 우리가 예상치 않았던 선명한 색조들과 은은한 색조들을 보여준다.

사탕단풍나무의 잎은 반은 매우 짙은 붉은색이고 반은 푸른색인데 두 색깔의 어우러짐으로 더욱 아름답다. 마침내 이 나무들은 짙은 붉은색이 섞인 풍요로운 노란색의 빽빽한 밀집체가 된다. 이제 이 나무들이 마을의 거리에서 가장 밝은 색깔을 띤 나무들이다.

길거리에 나무를 심을 때는 모름지기 그 나무가 가을에 띨 아름다운 모습을 염두에 두고 심어야 할 것이다. 하지만 '식목 클럽' 회원들이 이 점을 고려한 적이 한 번이라도 있는지 모르겠다.

당신은 아이들이 단풍나무 그늘 아래서 뛰놀며 자랄 때 그것이 그 아이들에게 어떤 좋은 영향을 끼칠는지 생각해본 적이 있는가? 아이들의 눈은 끊임없이 단풍나무의 색깔을 빨아들인다. 수업을 빼먹고 놀러다니는 아이들마저 문 밖에 나서면 이 단풍나무 선생님에게 붙들려 가르침을 받는다.

사실, 요즈음 학교에서는 농땡이 학생이든 모범생이든 색깔에 대한 교육을 제대로 받지 못하고 있다. 아이들은 기껏해야 약국과 도시 상점 들의 조악한 진열장에서 색깔에 대한 교육을 받을 뿐이다.

우리 마을의 거리에 더 많은 수의 꽃단풍나무들이 서 있지 않을 뿐만 아니라 그나마 한 그루의 호두나무마저 없다는 것이 안타깝기만 하다.

지금 아이들이 쓰는 그림물감은 빈약하기 싹이 없다. 우리가 아이들에게 그림물감을 사주는 대신(아니면 그것에 추가로), 나뭇잎들의 자연스러운 색깔에 대한 가르침을 줄 수 있다면 얼마나 좋겠는가? 아이들이 색깔에 대해 공부할 수 있는 곳으로 이보다 더 훌륭한 환경이 어디에 있겠는가? 어떤 미술학교가 그와 경쟁할 수 있겠는가? 장래에 화가와 옷감 제조업자, 종이 제조업자와 벽지 인쇄업자, 그 외에 갖가지 직업을 가질 얼마나 많은 아이들의 눈이 이 가을 색으로부터 가르침을 받을 것인가?

문방구에서 파는 봉투 역시 색조가 다양할지는 모르나 한 그루의 나무에 매달린 잎들의 색조만큼 다양하지는 않다. 당신이 어떤 특정한 색깔의 색조에 관심이 있다면 나무 한 그루의 안이나 밖을 살펴보거나 아니면 숲에 들어가 숲 속을 자세히 들여다보기만 해도 된다.

이런 나뭇잎들은 염색 공장에서처럼 많은 잎들을 한 가지 염료에 담가서 물을 들인 것이 아니다. 그것들은 무한히도 많은 각기 다른 강도의 빛 속에서 물들여진 후 마른 것이다.

우리는 우리가 사용하는 색깔들의 이름을 아슴푸레한 외국의 지명으로부터 계속 가져다 쓸 것인가? '네이플스 옐로,' '프러시안 블루,' '로 시엔나,' '번트 엄버,' '감부지' 등등 하면서 말이다.[6] 아니면 초콜릿이나 레몬, 커피나 계수나무 껍질 또는 클라레 포도주 같은 비교적 대단치 않은 물건이나, 우리가 거의 실물을 본 적이 없는 광물이나 산화물에서 계속 가져다 쓸 것인가?

우리는 우리가 본 어떤 것의 색깔을 이웃 사람에게 묘사할 때 마을 근처의 어떤 자연물을 빌려서 하지 않고 지구 저편의 땅속에서 캐낸 어떤 광물 조각의 이름을 빌려서 할 것인가? 나나 이웃 사람이나 그 광물을 본 적이 없고 기껏 약제사의 가게에 가야 보게 될지도 모르는데 말인가? 우리의 발밑에는 땅이 없고 우리의 머리 위에는 하늘이 없단 말인가? 아니면 하늘마저 온통 '울트라마린'[7] 색깔이란 말인가? 사파이어, 자수정, 에메랄드, 루비, 호박 등에 대해 우리가 아는 것은 무엇인가?

---

6) 서양에서 쓰는 색깔 이름들인 naples yellow(회색을 띤 노란색), prussian blue(감청색), raw sienna(황갈색, 다색을 띤 등자색), burnt umber(적갈색), gamboge(등황색) 등은 각각 이탈리아의 나폴리, 옛 독일의 프러시아, 이탈리아의 시엔나와 움브리아 그리고 동남아시아의 캄보디아 등의 지명에서 유래했다.
7) 울트라마린ultramarine _ '군청색'을 가리킨다. 원래는 '바다 저편의'란 의미이다.

이런 값비싼 보석의 이름들일랑 귀중품 함 만드는 사람이나 골동품 수집가, 여왕의 시녀들 또 인도를 비롯한 여러 나라들의 벼슬아치와 그 귀부인 들에게나 맡기도록 하자. 나는 아메리카 대륙이 발견되고 이곳의 가을 나무들이 발견된 이래 왜 색깔의 이름을 정하는 데에 나뭇잎들이 보석들과 경쟁을 해서는 안 되는지 그 이유를 알 수 없다. 하지만 시간이 지나면 언젠가는 이곳의 나무들과 관목들과 꽃들의 이름이 우리말의 색깔의 이름을 가리키는 데 사용되리라는 것을 믿어 의심치 않는다.

하지만 색깔의 이름이나 특징에 대한 지식보다 훨씬 중요한 것은 이 채색된 잎사귀들이 가져다주는 기쁨과 희열일 것이다. 마을의 이 눈부신 나무들은 그 이상의 다른 변화를 보여주지 못하더라도 최소한 1주일간의 축제나 국경일에 상당하는 즐거움을 주고 있다. 이 나무들은 비용이 적게 드는 순수한 경축일들이다. 경축 행사를 무사히 거행하는 데에 필요한 위원회나 행사 집행관의 도움이 없이도 모든 사람이 즐길 수 있다.

또 이 행사는 도박꾼들이나 술장사하는 사람들은 끌어들이지 않으며, 공공질서를 유지하기 위하여 경찰을 특별히 부를 필요도 없다. 길거리에 단풍나무가 심어져 있지 않은 뉴잉글랜드 마을의 10월은 정말 초라할 것이다. 이 10월의 축제를 여는 데는 경축 기념 대포를 쏘기 위한 대포알 비용도 들지 않으며 종을 울릴 필요도 없다. 나무 하나하나가 바로 1천 개의 화려한 깃발이 나부끼는 살아있는 자유의 깃대인 것이다.

## 붉은떡갈나무

붉은떡갈나무는 잎의 형태가 아름답기로 유명한 나무 속屬에 속해 있다. 그중 어떤 것의 잎은 그 윤곽의 풍요롭고 야성적인 아름다움이 다른 모든 떡갈나무들을 능가하기도 한다. 나는 열두 종의 떡갈나무들을 알고 있고 그 밖에도 여러 종의 떡갈나무 그림을 본 적이 있기 때문에 이런 판단을 내리는 것이다.

이 나무 밑에 서서 잎들이 얼마나 정교하게 하늘을 배경으로 그 윤곽을 드러내는지 보라! 주맥에서 몇 개의 뾰족한 점들이 뻗어나간 것이 마치 십자가를 두 개나 세 개 또는 네 개쯤 겹쳐놓은 것만 같다. 그 잎들은 다른 떡갈나무들 잎보다 가리비 모양으로 더 많이 파먹혀 들어갔기 때문에 훨씬 더 날렵하고 우아하다. 이 잎들은 '육질'이 매우 적어 햇빛 속에서 그대로 녹아 없어질 것처럼 보이며, 따라서 우리의 시야를 거의 가리지도 않는다. 아주 어린 나무의 잎들은 완전히 자란 다른 종의 떡갈나무 잎처럼 가장자리의 가리비 모양이 별로 없으며, 좀 더 단순하고 둔중하다.

그러나 성장한 나무 위쪽 부분에 달린 잎들은 잎사귀 특유의 거추장스러운 문제를 해결해 버렸다. 위로 올라가면 올라갈수록 더욱더 순화되는 이 잎사귀들은 속세의 특성을 벗어던지고 해가 갈수록 빛과의 친분을 더욱 돈독히 한다. 그리하여 마침내는 지상의 물질은 가능한 한 최소한으로 보유하고 천상의 은덕을 최대로 받아들인다.

그 높은 곳에서 잎들은 빛과 함께 서로 팔짱을 끼고 춤을 춘다. 환상적인 '푸앵트'를 밟아가며 춤을 추는 이들은 하늘의 무도장에 어울리는 댄스 파트너들이다. 나뭇잎들이 빛과 너무나도 다정하게 뒤섞여 있는 데다 몸매가 호리호리하고 표면에 광택이 나기 때문에 드디어 이 춤추는 모습에서 어느 쪽이 잎사귀이고 어느 쪽이 빛인지 분간해낼 길이 없어진다. 산들바람도 불지 않는 고요한 때에는 이 잎들은 숲이라는 이름의 창에 붙여놓은 섬세한 '트레이서리'[8] 무늬처럼 보인다.

숲에서 자라는 붉은떡갈나무들은 나의 과꽃이며 나의 정원에

피는 철 늦은 꽃이다. 나는 정원사를 쓸 만한 돈이 전혀 없다. 숲의 사방 천지에 떨어지는 낙엽들은 내 나무들의 뿌리를 보호해주고 있다. 당신이 눈으로 볼 수 있는 만큼의 풍경일지라도 정원 구실을 하는 데는 손색이 없을 것이다. 굳이 뜰의 흙을 깊게 해줄 필요는 없다. 환하게 피어나는 붉은떡갈나무는 숲의 꽃이며 그 찬란함이 모든 나무를 능가한다.(단풍나무 잎이 모두 떨어진 이 시점에서는 말이다.) 아니, 어쩌면 이 나무는 단풍나무보다 더 나의 관심을 끈다고 해도 좋으리라.

붉은떡갈나무는 숲 사방에 골고루 퍼져 있다. 강인한 기질을 가진 고귀한 나무이다. 11월을 장식하는 대표적인 꽃이며 우리와 더불어 겨울이 다가오는 것을 지켜봐준다. 11월 초의 전망에 따뜻함을 더해준다. 우리의 시야에 보편적으로 눈에 띄는 밝은 색깔 중 한 해가 거의 갈 무렵에 그 모습을 드러내는 색깔이 이처럼 진한 암홍색이라는 것이, 또 색깔 중 가장 강렬한 색깔이라는 것이 놀랍기만 하다. 그것은 한 해의 과일들 중 가장 잘 익은 과일이다. 그것은 다음 해 봄까지는 완전히 익지 않을, 저 추운 오를레앙 섬에서 따온 단단하고 윤이 나는 빨간 사과와도 같다.

8) 트레이서리tracery _ 고딕식 건축의 창, 칸막이, 판자막이 등에 붙이는 장식적 칸 무늬.

내가 산꼭대기에 올라가면 내 눈이 미치는 사방의 지평선까지 천 그루의 멋진 떡갈나무들이 마치 장미꽃처럼 널리 피어있는 광경을 본다. 심지어는 6~8킬로미터 떨어진 곳에 있는 나무들도 시야에 들어온다. 나는 지난 2주 동안 어김없이 그 광경을 볼 수 있었다. 이 때늦은 숲의 꽃은 봄이나 여름에 피었던 그 어떤 꽃보다 아름답다. 붉은떡갈나무 잎에 비하면 봄이나 여름 꽃들의 색깔은 기껏해야 희귀하고 섬약한 작은 반점들에 지나지 않았다. 그들은 보잘것없는 풀숲이나 잔 나무 사이를 산책하는 눈 나쁜 사람들에게나 어울리는 꽃들이었으며, 멀리 떨어져 있는 사람들에게는 아무런 인상도 주지 못했다. 그러나 이제 커다란 숲이, 또 우리가 그 옆으로 날마다 지나다니는 산허리 전체가 활짝 꽃핀 것이다.

이 자연의 정원에 비하면 우리의 정원은 너무 규모가 작다. 우리는 기껏 말라죽은 잡초들 틈의 해국海菊 몇 그루를 손보고 있다. 우리는 이를테면 우리의 머리 위로 그림자를 드리고 있지만 우리의 잔손질은 필요로 하지 않는 커다란 해국들과 장미나무들을 보지 못하고 있는 것이다. 어찌하여 시야를 더 높이, 또 더 넓게 가지지 않는가? 저 위대한 정원을 거닐 생각을 하지 못하고 그 정원의 초라한 한쪽 귀퉁이에서 머뭇거리고 있는가? 어찌하여 울안에 가둔 몇 그루의 화초가 아니라 숲 전체의 아름다움을 생각하지 않는가?

이제 좀 더 모험적인 산책에 나서도록 하라.

우선 산꼭대기로 올라가보라. 10월 말쯤 마을 주변의 아무 산에라도 올라가 숲을 내려다보라. 그때 당신은 내가 이제까지 묘사한 것을 보게 되리라. 이 모든 것과 그 이상의 것을 보게 되리라. 단 당신이 그것을 볼 마음의 준비가 되어있고, 또 그것을 '찾아보려는' 의지를 가졌다면 말이다. 그렇지 않으면 이런 현상이 아무리 흔하고 보편적인 것일지라도, 또 당신이 산꼭대기나 계곡에 서 있더라도, 한 해 중 이맘때의 숲은 으레 갈색으로 말라버린 것이려니 생각할 것이다. 칠십 평생 내내 말이다.

사물이 우리의 시야로부터 가려져 있는 것은 그것이 우리의 시선이 통과하는 진로 밖에 있기 때문이 아니라 우리가 마음과 눈을 그 사물에다 전적으로 집중하지 못하기 때문이다. 왜냐하면 눈이든 또 그 외의 어떤 젤리성 물질이든 그 자체에 사물을 볼 수 있는 능력이 있는 것은 아니기 때문이다. 우리는 사물을 볼 때 얼마나 멀리 그리고 넓게, 또는 얼마나 가깝게 그리고 좁게 보아야 할지를 모른다. 그렇기 때문에 자연의 많은 현상 중 아주 많은 부분이 평생 우리 자신으로부터 가려져 있다.

정원사는 오직 정원사의 정원밖에 보지 못한다. 경제학에서도 그렇지만 여기서도 공급은 수요에 상응하기 때문이다. 자연은 돼지 앞에 진주를 던져주지는 않는다. 자연 경관에서는 우리가 감상할 마음의 준비가 된 만큼의 아름다움만 우리 눈에 보이는 것이다. 그 외에는 눈곱만큼도 더 볼 수 없다.

내가 지금까지 묘사한 가을 잎들의 찬란함은 예외적이 아니라 표준적인 현상이다. 왜냐하면 내가 생각하기에 모든 나뭇잎들이, 심지어는 풀과 이끼마저도 쓰러지기 바로 직전에 보다 선명한 색깔을 띠기 때문이다. 아무리 보잘것없는 식물일지라도 주의 깊게 그 변화를 관찰해보면 조만간에 자기 특유의 가을 빛깔을 띠는 것을 보게 될 것이다. 당신이 만약 가을의 선명한 빛깔들의 완전한 목록을 작성하기로 마음먹는다면 아마 그것은 당신 마을의 모든 식물들의 목록만큼이나 길어질 것이 틀림없으리라.

# 한 소나무의
# 죽음

소나무가 이제까지
공중에서 차지했던 자리는
앞으로 200년간 텅 비어있을 것이다.
소나무는 이제 단순한 목재가 되었다.
나무꾼은 하늘의 공기를 황폐케
할 것이다.

# 한 소나무의 죽음

오늘 오후 페어헤이번 언덕에 올라갔을 때 톱질하는 소리가 들렸다.

조금 후에 언덕의 벼랑에서 내려다보니, 저 아래 200미터쯤 떨어진 곳에 두 사람이 우람한 소나무 한 그루를 톱으로 자르고 있는 것이 아닌가. 나는 그 소나무가 쓰러지는 모습을 지켜보기로 했다. 이 소나무는 우거진 소나무 숲이 잘릴 때 남겨진 열두어 그루의 나무들 중 맨 마지막까지 남아있는 나무였다. 그 소나무들은 지난 15년 동안 어린나무들만이 싹터 자라는 땅을 내려다보며 고독한 위엄 속에 바람에 흔들리고 있었다.

두 사람이 난쟁이 인형처럼 나무 두께보다 더 길 것 같지 않은

동가리톱으로 자르는 모습은 이 고귀한 나무의 밑동을 갉아먹고 있는 비버나 곤충처럼 보였다. 나중에 가서 재보니 이 나무의 높이는 30미터나 되었다. 이 읍에서 자라는 가장 큰 나무들 중 하나일 이 나무는 화살처럼 미끈하게 뻗었으며 언덕 쪽으로 약간 비스듬하게 서 있었다. 나무의 수관 옆으로는 얼어붙은 콩코드 강과 코낸텀 언덕이 보였다.

나는 언제쯤 나무가 쓰러지기 시작하나 주의 깊게 그 순간을 지켜보았다.

두 사람은 톱질을 멈추더니 나무가 기우는 방향의 톱질한 곳을 도끼로 찍어서 조금 더 틈을 벌린다. 나무가 더 빨리 쓰러지도록 하려는 것이다. 그러고는 다시 톱질을 계속한다. 이제 나무는 틀림없이 쓰러지기 시작할 것이다. 그것은 4분의 1쯤 기울어져 있다. 나는 숨을 죽이고 나무가 쾅하고 쓰러지기를 기다린다. 그런데 그게 아니다. 나무는 1센티미터도 움직이지 않았다. 처음이나 똑같은 각도로 서 있다.

나무가 쓰러진 것은 그로부터 15분 후의 일이었다.

그러나 아직은 쓰러지기 전의 상태에서 나뭇가지가 바람에 흔들리고 있다. 마치 한 세기 동안은 더 서 있을 운명을 타고난 것처럼 말이다. 그전이나 마찬가지로 솔잎 사이로 바람이 살랑이고 있다. 아직까지 이 나무는 숲의 나무이며, 머스키타퀴드 강변에서 바람에 흔들리고 있는 나무들 중 가장 위풍당당한 나무이다. 솔잎으로부터 은빛 광택 같은 햇빛이 반사되고 있다. 접근을 불허하는 나무의 아귀들은 아직도 다람쥐가 집을 지을 만한 장소를 제공하고 있다. 나무 이끼들 중 그 어느 것도 이 나무의 돛대 같은 줄기를(고물 쪽으로 기울어진 이 돛대에 대해 선체의 역할은 언덕이 하고 있다.) 떠나지 않았다.

자, 이제 운명의 순간이다.

나무 밑에 있던 인형 같은 인간들이 범죄 현장으로부터 도망치고 있다. 죄를 저지른 톱과 도끼를 내동댕이친 채 말이다. 아주 서서히 그리고 장엄하게 나무가 움직인다. 그 모습이 이 나무는 여름의 산들바람에 흔들리고 있을 뿐이며, 소리 없이 공중에 있는 자신의 원위치로 돌아갈 것만 같다.

이제 나무가 쓰러진다.

쓰러지면서 언덕 비탈에 바람을 보내고는 계곡에 있는 자신의 잠자리, 영원히 깨어나지 못할 잠자리에 눕는다. 전사처럼 자신의 녹색 망토로 몸을 감싸면서 깃털처럼 부드럽게 눕는다. 서 있는 것이 이제는 싫증이 난다는 듯 자신의 구성 분자들을 흙으로 돌려보내며 말 없는 기쁨으로 지구를 감싸안는다.

그런데 들어보라.

이 광경은 눈으로만 보고 귀로는 듣지 못했다. 그러나 내가 서 있는 낭떠러지의 바위 쪽으로 이제 귀를 멍하게 할 정도의 큰 소리가 들려온다. 이것은 나무마저도 죽을 때는 신음 소리를 낸다는 것을 알려주는 것이다. 나무는 땅을 감싸안으며 자신의 구성 원소를 흙과 뒤섞는다. 이제 눈에든 귀에든 모든 것이 고요하기만 하다. 다시 한 번 그리고 영원히 말이다.

나는 언덕을 내려가서 나무의 크기를 재보았다.

톱질한 부분의 지름은 1.2미터가량이고 길이는 30미터가량이었다. 내가 그곳에 이르기 전에 나무꾼들은 도끼로 나뭇가지들을 이미 반쯤이나 쳐내고 있었다. 아름답게 가지들을 뻗치고 있던 나무의 수관 부분은 마치 유리로 만들어졌던 것처럼 산산조각이 되어 언덕 옆에 흩어져 있었고, 꼭대기에 매달려 있던 1년 정도 자란 어린 솔방울들은 뒤늦게 그리고 헛되이 자비를 호소하고 있었다. 나무꾼은 이미 도끼로 나무의 길이를 재고는 몇 개의 판자를 잘라낼 수 있는지 표시를 해놓고 있었다.

소나무가 이제까지 공중에서 차지했던 자리는 앞으로 200년 간 텅 비어있을 것이다.

소나무는 이제 단순한 목재가 되었다. 나무꾼은 하늘의 공기를 황폐케 한 것이다. 봄이 와서 물수리가 머스키타퀴드 강변을 다시 찾아올 때 그는 소나무 위에 자신이 늘 앉던 자리를 찾으려고 허공을 헛되이 맴돌 것이다. 그리고 솔개는 새끼들을 안전하게 보호해줄 만큼 높이 솟았던 소나무가 사라신 것을 슬퍼하리라. 완전한 모습으로 자라기까지 200년이나 걸린 나무가, 한 단계 한 단계 천천히 뻗어올라 마침내 하늘에까지 도달했던 나무가 오늘 오후 사라져버린 것이다. 소나무 꼭대기 부분의 어린 가지들은 이번 정월의 따뜻한 날씨를 받아들여 한창 부풀어오르고 있지 않았던가?

왜 마을의 종은 조종弔鐘을 울리지 않는가?

내 귀에는 아무런 조종 소리도 들려오지 않는다. 마을의 거리에 그리고 숲 속의 오솔길에 슬퍼하는 사람들의 행렬이 보이지 않는다. 다람쥐는 또 다른 나무로 뛰어 달아났고 매는 저쪽에서 빙빙 돌다가 새로운 둥지에 내려앉았다. 그러나 나무꾼은 그 나무의 밑동에도 도끼질할 준비를 하고 있었다.

# 계절 속의 삶

봄과 함께 파릇파릇해지고
가을과 함께 노랗게 익어가라!
각 계절의 영양분을 보약처럼 들이켜라.
그것이야말로 당신을 위해 특별히 조제된
진정한 만병통치약인 것이다.

# 계절 속의 삶


각 계절이 지나가는 대로 그 계절 속에 살라.

그 계절의 공기를 들이켜고, 그 계절의 음료를 마시며, 그 계절의 과일을 맛보라. 그리고 그 계절의 영향력 속에 자신을 완전히 맡기라. 그것들로 하여금 당신의 유일한 마실 것이 되고 보약이 되도록 하라. 8월에는 말린 고기가 아니라 온갖 딸기를 주식으로 삼으라. 당신은 황량한 바다 한가운데를 지나는 배를 타고 있는 것도 아니고 북녘의 사막 지대를 걷고 있는 것도 아니니 말이다.

모든 바람을 맞으라.

땀구멍을 열고 자연의 모든 조류 속에서, 자연의 모든 냇물과 대양 속에서 멱을 감으라. 모든 계절에 말이다.

말라리아나 전염병은 사람의 내부에서 오는 것이지 외부에서 오는 것이 아니다. 부자연스러운 생활을 함으로써 무덤 일보 직전까지 온 병자는 자연이라는 위대한 영양분을 들이켜지 않고 특정한 한 가지의 약초로 끓인 차만을 마시면서 부자연스러운 생활을 계속해온 사람이다. 그런 사람은 자연을 사랑하지 않으며 인생도 사랑하지 않는다. 그리하여 병이 들어 결국에는 죽게 되는 것이다. 어떤 의사도 그를 구할 수가 없다.

봄과 함께 파릇파릇해지고 가을과 함께 노랗게 익어가라!

각 계절의 영양분을 보약처럼 들이켜라. 그것이야말로 당신을 위해 특별히 조제된 진정한 만병통치약인 것이다. 여름이 제공하는 물약을 먹고 병이 든 사람은 없다. 지하 저장실에 보관해 놓은 물약이 사람을 병들게 하는 것이다.

당신이 담근 술을 마시지 말고 자연의 여신이 담가주는 술을 마시라.

그 술은 염소가죽이나 돼지가죽 부대에 담겨 있지 않고 수많은 아름다운 산딸기 속에 담겨 있다. 술을 담고 음식을 절이고 보관하는 일은 자연의 여신으로 하여금 하도록 하라. 왜냐하면 매 순간 온 자연이 우리를 건강하게 하기 위하여 최선을 다하고 있기 때문이다.

자연은 그 외에 다른 목적을 위해 존재하지 않는다.

자연을 거부하지 말라. 인간은 겨우 몇 가지 자연식품이 건강에 좋다는 사실을 발견했을 뿐이다. 그러나 자연 전체가 우리 몸에 좋다는 것은 아직 깨닫지 못하고 있다. '자연'은 건강의 또 다른 이름에 지나지 않으며, 각 계절은 건강의 각기 다른 상태에 지나지 않는 것이다.

# 야생사과

야성의 어린아이를 만날 때 그러하듯이
한 그루의 야생사과나무 관목을 볼 때마다
우리는 기대감에 부풀어오른다.
어쩌면 그 나무는 변장을 한 왕자일지도 모른다.
인간에게 그 나무가 보여주는
교훈은 어떤 것일까?
인간은 가장 높은 기준으로 재어지는 존재이다.
그 스스로 천상의 과일을 시사하며,
또 그런 과일을 맺기를 갈망하지만,
야생사과나무나 마찬가지로 운명이라는 이름의
황소에 의하여 뜯어먹히고 있다.

# 야생사과

## 사과나무의 내력

사과나무의 내력은 인간의 역사와 놀라울 정도로 밀접하게 연관되어 있다. 지질학자들은 사과나무가(그리고 박하속屬의 나무들이) 속해 있는 장미목目의 식물들이 지구 상에 나타난 것은 인간이 출현하기 바로 전이었다고 한다.

사과는, 스위스의 여러 호수 밑바닥에서 최근 발견된 원시시대 유적 가운데 한 부족의 식단에 올랐던 음식으로 보인다. 이 부족의 유적은 고대 로마가 건국되기 이전의 것으로 추정되는데, 사실 너무 오래되었기 때문에 그들은 철제 도구를 소유하지 못했던 것이다. 그런데 이 부족의 식량 저장소에서 새까맣게 쪼그라진 야생능금 하나가 발견된 것이다.

로마의 역사가 타키투스는 고대 게르만 민족에 대하여 묘사하는 가운데, 이들이 자신들의 허기를 그 무엇보다도 야생사과로 채웠다고 말한다. 언어학자 니이버는 "집, 밭, 쟁기, 밭갈이, 포도주, 우유, 양, 사과와 그 밖에 농업이나 일상생활에 관한 어휘에서는 라틴어와 그리스어가 일치하지만 전쟁이나 사냥에 관련된 온갖 사물에 대해서는 라틴어와 그리스어가 철저하게 다르다."고 말한 바 있다. 그러므로 사과나무는 올리브에 못지않은 평화의 상징으로 보아도 좋을 듯하다.

사과는 일찍부터 대단히 중요한 과실로 널리 보급이 되었기 때문에 많은 언어에서 그 이름의 어원을 추적해보면 과일을 총체적으로 가리키는 말로도 쓰였음을 알 수 있다. 그리스어의 '멜론'은 사과를 의미하지만 그와 동시에 다른 여러 나무의 열매를 의미하기도 하고, 양과 다른 가축을, 그리고 마침내는 일반적인 부富를 지칭했던 것이다.

사과나무는 히브리인과 그리스인, 로마인과 스칸디나비아인들로부터 숭배를 받았다. 인류 최초의 남녀를 유혹한 것은 사과였다고 생각하는 사람들도 있다. 여신들이 사과를 차지하기 위해 서로 싸웠다는 전설이 있는가 하면 용을 시켜 사과를 지키게 하기도 하고 그것을 따오게 하려고 영웅들을 고용하기도 했다.

구약성서를 보면 최소한 세 군데에 사과나무에 대한 언급이 있으며 그 열매에 대한 언급은 두세 군데 더 있다. 솔로몬은 "사과나무가 숲의 나무들 사이에 있듯 내 사랑하는 자는 아들들 사이에 있도다." 하고 말한다. 또 "포도수 병으로 내 목을 축이고 사과로 나를 위로하라."고 하기도 한다.

사람의 가장 고귀한 부위에서 또 가장 고귀한 부분인 눈동자는 이 과일로부터 이름을 따서 '눈의 사과'[1]라고 부른다.

사과나무는 호머와 헤로도토스도 언급하고 있다. 율리시즈는 알키노우스의 풍요로운 정원에서 '배와 석류와 사과나무가 아름다운 열매를 맺고 있는 것'을 보았다. 호머에 의할 것 같으면 탄탈로스[2]가 딸 수 없었던 과일들 중에는 사과도 들어있었다고 한다. 그 과일나무들의 가지들이 늘 바람에 흔들리게 해서 그의 손이 닿지 못하게 했던 것이다. 그리스의 철학자 테오프라스토스는 식물학자만큼이나 사과나무를 잘 알아 그에 대한 글을 남겼다.

고대 북유럽 신화집인《에다》에 의할 것 같으면, "이둔 여신[3]"은

---

1) 눈의 사과 _ 눈동자는 영어로 apple of the eye이다.
2) 탄탈로스 _ 그리스 신화에 나오는 인물. 제우스의 노여움을 받아 지옥으로 유배되었으며, 물과 과일이 옆에 있어도 손이 닿지 않아 기아와 갈증에 시달리는 형벌을 받았다.

상자 안에 사과들을 보관하고 있다. 신들은 노년기가 다가오는 것을 느끼면 이 사과를 먹고 다시 젊음을 얻는다. 그들은 '라그나 뢰크'[4]가 올 때까지 이런 방법으로 계속 회춘을 한다."고 한다.

우리는 식물학자 루돈의 글을 통해, "고대 웨일즈의 음유시인들은 뛰어난 노래 솜씨를 보였을 때 사과나무 가지를 상의 표시로 받았으며, 스코틀랜드의 고원지대에서는 사과나무가 라몬트 부족의 휘장"이었음을 안다.

사과나무는 대체로 온대지방의 북쪽에 자라는 식물이다. 루돈은 "그것은 극한 지역을 빼놓은 유럽의 모든 지방과 서부 아시아 그리고 중국과 일본에서 자생한다."고 말한다. 이곳 북미 대륙에도 두세 가지 토종이 자라고 있다. 사람에 의해 재배되는 종류의 사과나무는 최초의 개척자들 손으로 미국에 전해졌으며 세계 어느 지역보다도 이곳에서 잘 자라는 것으로 알려져 있다. 이곳에서 재배되는 사과 중의 일부는 로마인이 영국을 침략했을 때 가져갔던 것이리라.

3) 이둔 여신 _ 북유럽 신화에 나오는 풍요의 여신. 그녀는 회춘의 사과를 보관하고 있다.
4) 라그나뢰크 _ 북유럽 신화에 의하면 이 세상은 언젠가는 파멸에 이르게 되는데 이것을 '라그나뢰크'라고 부른다. '세계의 파멸' 또는 '신들의 황혼'이라는 뜻이다. 신들과 거인들의 일대 결전으로 세계 파멸의 시기가 오지만 새로운 신이 나타나고, 살아남은 한 쌍의 인간 부부가 자손을 두어 세상을 이어가게 된다고 한다.

고대 로마의 박물학자 플리니우스는 테오프라스토스의 분류 방식을 따라, "나무에는 완전히 '야성적'인 나무들과 좀 더 '개화된' 나무들이 있다."고 말했다. 테오프라스토스는 사과나무를 후자에 포함시키고 있다. 사실, 이런 의미에서 사과나무는 나무들 중 가장 개화된 나무라고 할 수 있다. 사과나무는 비둘기처럼 양순하고 장미처럼 아름답고 가축처럼 소중하다. 이 나무는 그 어떤 나무보다도 오래전부터 재배되었으며, 따라서 그 어떤 나무보다도 인간화되어 있다. 그래서 마침내는 개처럼 더 이상 그 야생의 원형을 추적할 수 없는 경지에까지 이를지도 모르겠다.

사과나무는 개나 말이나 소처럼 사람을 따라 이주한다.

처음에는 아마 그리스에서 이탈리아로 이주했을 것이고, 거기서 다시 영국으로, 그러고는 미국으로 이주를 했으리라. 아직도 이 미국 대륙에서 서부로 이주를 하는 사람들은 호주머니 안에 사과 씨를 넣거나 서너 그루의 어린 묘목을 이삿짐에 묶은 채 지는 해를 향해 터벅터벅 걸어가고 있는 것이다. 올해 적어도 백만 그루의 새로운 사과나무가, 지난해에 사과나무가 자라던 지역에서 보다 서쪽으로 옮겨 심어졌다. 그리하여 안식일처럼 해마다 '과일꽃 주간週間'이 서부의 대평원에 널리 확산되어 가고 있는 것을 생각해보라! 사람이 이사를 갈 때는 새와 네발짐승, 곤충과

채소와 잔디밭만을 데리고 가는 것이 아니라 과수원도 함께 데리고 가는 것이다.

사과나무의 잎사귀와 어린 가지는 소와 말, 양, 염소 같은 가축들이 즐겨 먹는 음식이다. 그 열매 역시 이들 동물들이 즐겨 찾으며, 여기에 돼지도 한몫 낀다. 그리하여 이들 동물들과 사과나무 사이에는 처음부터 자연스러운 유대 관계가 존재했던 것처럼 보인다. "프랑스의 숲 속에 자라는 야생능금은 멧돼지의 귀중한 먹을거리가 된다."고 한다.

사과나무가 아메리카 대륙에 처음 전해졌을 때 인디언뿐만 아니라 많은 토종 곤충들 그리고 새들과 네발짐승들의 환영을 받았다. 천막벌레는 사과나무의 갓 뻗어난 첫 번째 가지에 알을 낳았으며 그 후 이 나무는 양벚나무와 함께 천막벌레가 가장 좋아하는 나무가 되었다. 자벌레 역시 사과나무에 기생하느라 느릅나무를 등한시하게 되었다. 사과나무가 빠른 속도로 자라남에 따라 유리울새, 지빠귀, 벚새, 타이란새와 다른 많은 새들이 몰려와 사과나무 가지에 보금자리를 꾸미고 그 가지에 앉아 지저귀었다.

이제 이 새들은 과수원 새가 되었고 과거 어느 때보다 번성하게 되었다. 그들의 종족 역사에 새로운 시대가 열린 것이다. 부드러운 솜털을 가진 딱따구리는 사과나무의 껍질 밑에서 너무나도 맛있는 부분을 찾아냈기 때문에 나무줄기를 빙 둘러가며 구멍을 송송 뚫어놓았다. 내가 알기로 딱따구리가 그런 짓을 한 경우는 과거에는 없었다.

들꿩도 사과나무 순의 달콤한 맛을 알기까지 그리 오랜 시간이 걸리지 않았다. 그 후로 겨울날 저녁때가 되면 들꿩이 숲 속에서 나와 순을 따먹기 위해 사과나무로 날아들기 때문에 농부는 애깨나 태우는 것이다. 토끼도 그 나무의 가지와 껍질의 맛을 알게 되기까지 그리 오랜 시간이 걸리지 않았다. 다람쥐는 사과가 익었을 때 그것을 반은 굴리고 반은 끌고 해서 자신의 굴로 가지고 갔다.

사향쥐마저도 밤이 되면 시냇물 옆의 둑을 타고 올라와 사과를 게걸스럽게 먹었으며 마침내는 개울 옆의 풀숲에 길이 나게 되었다. 사과가 얼었다가 다시 녹으면 까마귀와 어치가 이따금씩 날아와 그것을 쪼아 맛을 보기도 했다. 부엉이는 속이 빈 맨 처음 사과나무에 기어들어가 보고는 자신에게 딱 맞는 곳임을 깨닫고 부엉부엉 하고 기쁨의 울음을 울었다. 그곳에 자리를 잡은 부엉이는 이제는 떠날 생각을 하지 않고 있다.

내 글의 주제가 야생사과이므로 재배종 사과의 1년 동안의 성장 과정을 조금 살펴보고 나의 전문 영역으로 넘어가겠다.

사과꽃은 그 어떤 나무의 꽃보다 아름답다고 하겠는데, 꽃의 양이 풍부한 데다 보기에도 매우 아름답고 향기가 너무 좋기 때문이다. 그 옆을 걸어가던 사람은 흔히 봉오리가 3분의 2쯤 숙성한 보통 이상의 아름다운 꽃을 보면 발걸음을 돌려 그 옆에 머무적거리고 싶은 유혹을 받는다. 이런 면에서 보면 사과꽃은 빛깔도 향기도 없는 배꽃에 비해 얼마나 아름다운 꽃인가!

7월 중순이 되면 파란 풋사과들은 우리로 하여금 가을과 사과 요리를 생각하게 할 만큼 커진다. 흔히 나무 밑의 풀밭에는 더 자라지 못하고 사산되어 떨어진 어린 사과들이 흩어져 있다. 이처럼 자연은 우리를 위하여 사과 열매를 솎아준다. 로마의 저술가 팔라디우스는 "만약 사과가 익기도 전에 떨어지는 경향이 있으면 뿌리가 갈라진 곳에 돌을 하나 놓으면 열매가 떨어지는 것을 방지할 수 있다."고 했다. 우리는 사과나무 가지들이 갈라져 나가는 곳에 돌이 끼인 채로 사과나무가 자란 것을 보는 일이 있는데, 그것은 바로 이런 신념이 아직도 남아있어서인지 모른다. 영국의 서포크 지방에는 이런 노래가 있다.

"성 미가엘 축제일이나 그 전에는
사과 반 개는 과심果心으로 가버리네."

조생종早生種의 사과들은 8월 초가 되면 익기 시작한다. 그러나 이들 사과는 맛보다는 향기가 더 뛰어나다. 당신의 손수건에 향을 내는 데에, 가게에서 파는 그 어떤 향수보다도 이런 사과 한 알이 더 쓸모가 있을 것이다. 어떤 과일의 향기는 꽃향기에 못지 않게 쉽게 잊히지 않는다. 어떤 때 나는 길을 가다가 울퉁불퉁한 사과 한 알을 줍는 일이 있는데, 그 뛰어난 향기는 나로 하여금 과일의 여신 포모나가 다스리는 풍요로운 세계를 생각하게 한다. 그것은 과수원과 사과주 공장마다 붉은색과 황금색의 사과 더미가 산처럼 쌓이게 될 그 가을날들로 나를 미리 데려가준다.

그때부터 한두 주일 후, 특히 이른 저녁 무렵 당신이 과수원이나 정원을 지나는 경우 익어가는 사과들의 향기가 가득한 작은 지역을 통과하게 될 것이다. 이때 당신은 사과 값을 치르거나 주인으로부터 사과를 훔치지 않고도 이 사과들을 맘껏 즐길 수 있는 기회를 얻게 된다.

모든 자연의 산물에는 휘발성의 영묘한 정기 같은 속성이 있다. 그런데 그 정기야말로 이 산물이 가지는 최고의 가치에 해당하는 것이며 그것은 우리 인간이 속되게 할 수도, 사거나 팔 수도 없는 것이다. 아직 어떤 인간도 어느 한 과일의 향기와 맛을 완벽하게 맛본 적은 없다. 인간들 중 오직 신에 가까운 사람들만이 그 과일의 불사약 성분들을 어느 정도 감지하고 있을 따름이다. 우리의 조야한 미각은 지구 상의 모든 과일의 맛에 들어있는 이 불사약 성분을 감지해내지 못하는 것이다. 그것은 우리가 제신들의 하늘을 차지하고 있으면서도 그것을 깨닫지 못하는 것과 같다.

어떤 심통 사나운 농부가 아름답고 향기로운 조생종의 사과들을 시장에 내다팔기 위해 싣고 가는 것을 볼 때면 나는 한판의 싸움 현장을 목격하는 기분이 든다. 그 싸움은 한편으로는 농부와 그의 말 그리고 다른 편으로는 사과들 사이에 벌어지는 싸움이다. 내 생각에 그 싸움은 언제나 사과들의 승리로 끝나는 것 같다. 플리니우스는 "사과는 만물 중에서 가장 무거운 것이며, 소는 사과 짐을 보기만 해도 땀을 흘린다."고 했다.

농부가 이 사과들을 그들 고유의 영역을 벗어난 곳, 즉 가장 아름다운 장소가 아닌 그 어떤 곳으로 실어가려고 하는 순간부터 이미 그는 이 사과 짐을 잃어버리기 시작한다. 비록 그가 때때로 수레에서 내려 사과 짐을 더듬어보고는 사과들이 그대로 다 있다고 생각할지 모르나 나는 사과의 소멸하기 쉬운 천상의 성분들이 수레로부터 빠져나와 하늘로 열을 지어 날아올라 가는 것을 본다.

시장으로 향하는 농부의 마차에는 이제 과육과 껍질과 속 부분이 남아있을 뿐이다. 그것들은 이미 사과가 아니고 즙을 짜내고 남은 찌꺼기에 지나지 않는다. 아직도 이 사과들을, 신을 영원히 젊게 만든다는 풍요의 여신 이둔의 사과라고 할 수 있겠는가? 당신은 신들이 로키[5]나 트야씨[6]가 그 사과들을 요튼하임[7]으로 가져가도록 그냥 내버려두리라고 생각하는가? 자신들이 쭈글쭈글 늙어가도록? 천만에 말씀! 신들의 파멸의 시기인 '라그나뢰크'가 아직은 도래하지 않았다.

8월 말이나 9월이 되면 사과는 또 한 번 솎아진다. 사과들이 바람에 떨어져 땅바닥에 깔리는 것이다. 이런 현상은 비가 온 다음에 강한 바람이 불 때 두드러진다. 어떤 과수원에서는 열매 전체의 4분의 3가량이 족히 되는 분량이 땅에 떨어져 나무 밑에 둥 그렇게 쌓여 있는 광경을 본 적도 있다. 아직도 단단하고 푸른 사과들이 말이다.

사과나무가 언덕의 경사진 데에 서 있는 경우에 떨어진 사과들은 언덕 밑으로 한참 데굴데굴 굴러 내려간다. 그러나 속담에도 있듯이 누구에게도 득이 안 되는 바람은 불지 않는 법이다. 사방에서 사람들은 바람에 떨어진 사과를 줍기에 바쁘며 돈을 별로

---

5) 로키 _ 북유럽 신화 최고의 신 오딘의 형제로서 불화와 나쁜 일을 꾀하는 불의의 신.
6) 트야씨 _ 북유럽 신화에 나오는 거인.
7) 요튼하임 _ 북유럽 신화에 나오는 거인족이 사는 나라.

안 들인, 때이른 애플파이를 맛볼 기회를 얻는 것이다.

10월에 접어들어 나뭇잎들이 떨어지기 시작하면 나무에 달린 사과들의 모습은 더욱 뚜렷해진다. 어느 해던가? 이웃 마을에 갔다가 몇 그루의 사과나무가 전에 본 어떤 나무보다도 많은 열매를 맺고 있는 모습을 보았다. 그 나무들의 자그맣고 노르스름한 열매들은 길 위로 늘어지듯 매달려 있었다.

가지들이 사과들의 무게를 이기지 못해 매발톱나무의 관목처럼 우아하게 휘어져 있어 그 나무 전체가 어떤 새로운 특징을 얻기라도 한 것 같았다. 가장 높은 곳의 가지들도 똑바로 서지 못하고 사방으로 휘어져 있었다. 그리고 수많은 장대로 아래 가지들을 받쳐놓았기 때문에 마치 뱅골 보리수나무의 그림을 보는 듯했다. 영국의 옛 문헌에도 "사과나무는 사과가 많이 달릴수록 사람들에게 더 깊이 고개를 숙인다."고 하지 않았던가.

사과가 과일들 중 가장 고귀한 것임은 의심의 여지가 없다. 그러므로 가장 아름다운 사람이나 가장 빠른 사람이 사과를 차지하도록 하자. 그것이 바로 그 사과가 '팔려나가는 시가時價'가 되어야 할 것이다.

10월 5일과 20일 사이에는 사과나무들 밑에 통들이 놓인 것을 볼 수 있다. 때때로 나는 손님의 주문을 받고 가장 좋은 사과로

통을 채우기 위해 열심히 사과 고르기 작업을 하는 어떤 사람과 환담을 나누기도 한다. 그는 자그만 흠집이 있는 사과 하나를 몇 번이고 뒤집어보더니 결국에는 퇴짜를 놓고 만다. 그때 내 머리를 스쳐가는 생각은 그 사람이 손을 댄 사과는 이미 모두 흠집이 생겼으리라는 것이었다. 왜냐하면 그가 사과를 만질 때 과분果粉만 문질러 없어지는 것이 아니라 과일의 스러지기 쉬운 그 영묘한 성분도 사라졌을 것이기 때문이다. 저녁 날씨가 서늘해지기 시작하면 농부는 사과 따는 작업을 더욱 서두른다. 마침내는 여기저기 나무에 기대어 놓은 사다리들의 모습만 남는다.

우리는 하늘이 내린 이 과일의 선물을 보다 큰 기쁨과 감사의 마음으로 받아들이며, 그저 나무 주위에 퇴비 한 짐을 새로 뿌려주는 것으로 충분하다고 생각해서는 안 될 것이다.

영국의 어떤 관습은 시사해주는 바가 많다. 브랜드가 쓴 《옛 민속》이란 제목의 책에는 영국의 옛 관습들이 기록되어 있다. "크리스마스 전야가 되면 데본셔 지방의 농부들과 그들의 머슴들은 커다란 술잔에 사과주를 채우고 그 안에 구운 빵 한 조각을 띄운 다음 그 잔을 들고 엄숙하게 과수원으로 걸어간다. 그들은 다채로운 의식을 통하여 사과나무들에게 경의를 표하는데, 그 나무들이 이듬해에 많은 열매를 맺도록 하기 위함이다."

이 의식은 빵을 조금씩 떼어 나뭇가지에 올려놓고 나서 나무 밑동 주변에 사과주를 조금 뿌리는 것으로 시작된다. 그러고 나서 그들은 과수원에서 가장 열매를 잘 맺는 나무 하나를 골라 그 주위를 돌며 다음과 같은 노래를 여러 차례 부르며 축배를 든다.

"다정한 사과나무여,

그대에게 건배를!

싹이 잘 트고,

바람에도 잘 견뎌내

많은 사과들이 열리기를!

테 있는 모자에 가득,

테 없는 모자에도 가득

부셸8), 부셸, 부대에 가득

그리고 내 주머니에도 가득! 만세!"


또한 영국의 여러 군郡에서는 섣달 그믐날 밤에 '사과나무에 고함지르기'라는 놀이를 하는 관습이 있었다. 한 떼의 소년들이

---

8) 부셸 _ 곡물, 과실 따위의 무게를 잴 때 쓰는 단위. 1부셸은 미국에서는 약 27.2154kg 에 해당한다.

여러 과수원을 돌면서 사과나무를 에워싸고는 다음과 같은 말을
반복한다.

"낫낫하게 뻗어라, 뿌리야!
열매 많이 맺거라. 가지야!
엄청난 수확을 내려주세요, 하느님!
작은 가지마다 큼직한 사과들,
큰 가지마다 사과가 주렁주렁!"

"그러고 나서 그들은 일제히 고함을 지르는데, 이때 소년들 중
하나가 소뿔로 만든 피리를 불며 반주를 한다. 그들은 이런 의식
을 거행하는 동안 작대기로 사과나무를 두들긴다." 이런 행동을
'사과나무에 건배하기'라고 부르는데, 어떤 사람들은 이것은 과일
의 여신 포모나에게 희생물을 바치던 시절의 관습이 유물로 남은
것으로 본다. 17세기 영국의 시인 헤릭은 다음과 같이 노래한다.

"과일나무에게 건배하세!
자두가 많이, 배가 많이 열리도록,
건배 많이 하면 과일 많이 열리고

건배 적게 하면 과일 적게 열리네."

이곳 미국의 시인들은 아직은 포도주보다는 사과주에 대해 노래하는 것이 제격일 것이다. 하지만 영국의 시인 필립스보다는 더 멋들어진 노래를 불러야만 하리라. 그렇지 않으면 자신들이 모시는 시의 여신에게 누를 끼치는 짓이 될 터이니 말이다.

# 야생사과

사과나무들 중 좀 더 개화된 부류에 속하는 보통의 사과나무에 대해서는 이 정도로 해두자. 나는 그런 사과나무들이 자라는 일반 과수원보다는 접붙이지 않은 사과나무들이 자라고 있는 오래된 사과나무 밭을 가로질러 걷는 것을 더 좋아한다. 1년 중 그 어느 때라도 말이다.

그곳의 사과나무들은 너무나도 불규칙적으로 심어져 있다. 두 그루의 나무가 바짝 붙어 자라는가 하면 나무의 줄이 너무 삐뚤삐뚤해서 주인이 잠을 자는 동안 나무들이 제멋대로 자라버렸거나 아니면 애당초 주인이 몽롱한 상태에서 나무를 심었던 것이 아닌가 하는 생각이 들기도 한다. 나는 접붙인 나무들이 질서정연하게 서 있는 과수원에 들어가 이곳저곳을 거닐고 싶은 생각은 조금도 없다. 그러나 안타깝게도 지금 이 이야기는 최근의 경험에 입각해서 하는 것이 아니고 과거의 기억을 더듬어 하고 있다. 야생사과나무의 밭들이 엄청난 수난을 겪었기 때문이다.

우리 읍에서 조금 떨어진 이스터브룩스 지역같이 돌이 많은 땅은 사과가 자라는 데 매우 알맞은 것 같다. 그래서 다른 데서라면 손이 많이 가겠지만 이곳에서는 그럴 필요가 없다. 기껏 1년에 한 번 흙을 갈아엎어 주기만 해도 다른 곳보다도 더 잘 자란다. 땅 주인들은 이곳의 토양이 과일 재배에 탁월하다는 것을 인정은 하지만 돌이 너무 많아서 쟁기로 흙을 갈아엎기가 몹시 성가시다고 말한다. 게다가 마을에서 멀리 떨어져 있기 때문에 이곳의 과일 재배는 사실상 포기 상태에 이르렀다.

최근까지만 해도 이곳에는 사과나무들이 아무렇게나 자라고 있는 꽤 넓은 지역이 있었다. 이 사과나무들은 소나무와 자작나무, 단풍나무와 떡갈나무 들의 틈을 비집고 야성적으로 뻗어나서는 꽤 많은 열매를 맺은 것이다. 나는 이따금씩 이들 나무들 사이로 뻗어올라 노랗고 빨간 열매를 풍요롭게 맺고 있는 사과나무들의 둥근 수관을 보는데 그때마다 감탄을 금치 못한다. 그 모습은 주변 숲의 가을 빛깔들과 참으로 멋진 조화를 이루고 있다.

어느 해인가의 11월 1일경, 아주 가파른 언덕을 올라가다가 기운차게 뻗어오르는 한창때의 사과나무 한 그루를 본 적이 있다. 이 나무는 아마 새나 소가 먹고 버린 사과 씨로부터 싹이 텄을 것이다. 산비탈 공터의 바위틈으로 뻗어나온 이 사과나무에는 이제 제법 많은 사과들이 달려 있었는데, 과수원의 사과를 모두 거두어들인 이 시점에도 아직 서리로 인한 피해를 입지 않고 있었다. 파란색의 단단한 사과들은 겨울이 와야 제맛이 들 것처럼 보였다. 사과는 가지에도 꽤 많이 달려 있었지만 그보다 많은 수가 나무 밑의 젖은 잎 속에 반쯤 묻혀 있었고 또 어떤 것들은 언덕을 한참 굴러 내려가 기슭의 돌 틈에 놓여 있었다. 이 땅의 주인은 이런 사실을 전혀 모르고 있다.

이 사과나무가 처음 꽃을 피우던 날이나 처음으로 열매를 맺던 날, 이 광경을 목격한 사람은 아무도 없었을 것이다. 오직 박새만이 그 광경을 지켜보았으리라. 이 나무를 기리기 위해 나무 아래 잔디 위에서 춤을 춘 사람도 없었으며 이제 와서는 그 열매를 따는 사람의 손길도 볼 수 없다. 오직 다람쥐들이 사과를 갉아먹는 것을 본 일이 있을 뿐이다. 이 사과나무는 두 가지의 임무를 훌륭히 수행했다. 열매를 맺었을 뿐만 아니라 가지 하나하나가 하늘을 향해 30센티미터씩 자란 것이다. 열매도 탐스럽기 그지 없다. 각종 야생딸기류보다 알이 더 굵다. 집으로 가져가 내년 봄에 먹으면 맛이 꽤 좋을 것이다. 이 사과들을 얻을 수 있는 한, 이 둔 여신의 사과를 탐낼 이유가 어디에 있는가?

내가 이처럼 늦은 계절에 추위를 무릅쓰고 이 나무 옆을 지나다가 사과들이 매달려 있는 모습을 보면 이 나무에 대한 존경심이 우러나옴을 느끼며 동시에 자연의 아낌없는 혜택에 감사하는 마음이 든다. 비록 사과를 당장 먹을 수는 없지만 말이다. 이 가파른 산허리의 나무들 사이에 사과나무 한 그루가 자라난 것이다. 누가 심은 것도 아니고 전에 과수원이 있던 자리라서 그 부산물로 나온 것도 아니며, 오직 소나무나 떡갈나무처럼 자연스럽게 자라난 것이다.

사람이 식품으로 아끼는 과일들의 대부분은 순전히 사람의 보호의 손길에 의존하고 있다. 옥수수나 각종 곡물, 감자, 복숭아, 멜론 같은 것들은 사람이 심어서 가꾸어야 한다. 그러나 사과나무는 독립심과 진취적 기상 면에서 인간에게 지지 않는다. 앞서 이야기한 바와 같이 사과나무는 피동적으로 옮겨지는 것이 아니다. 이 나무는 어느 정도는 사람처럼 스스로 이 새로운 대륙으로 이주를 해왔으며 여기저기 토종 식물들 사이에 자리를 잡아가고 있다. 때때로 소나 개나 말이 도망을 쳐 야생동물로 살아가듯 말이다.

가장 여건이 불리한 장소에서 자라는 가장 맛이 시고 가장 볼품없는 사과나무를 볼 때도 이런 생각은 변함이 없다. 그만큼 사과는 고귀한 과일인 것이다.

## 야생능금

하지만 야생사과는 그 야성의 정도를 따져보면 아마도 나 자신만큼의 야성밖에 지니지 못했을 것이다. 내가 이곳의 원주민이 아니듯 야생사과도 사람에 의해 재배되던 종류가 숲 속으로 흘러 들어 간 것이다. 앞서도 말했지만 야생사과보다 더 야성적인 종류가 있다. 이곳에는 없지만 미국의 다른 지역에는 자라고 있는 토종 야생능금이 바로 그것이다. 이 나무는 "사람의 재배로 말미암아 그 본성이 바뀌지는 않았다."고 한다.

야생능금은 뉴욕 주의 서부 지역으로부터 미네소타 주와 그 남쪽에 이르는 지역에 분포되어 있다. 식물학자 미쇼는 "이 나무는 높이가 보통 4.5미터 내지 5.5미터인데 때때로 7.5미터나 9미터쯤 되는 경우도 있으며, 키가 큰 것은 보통의 사과나무와 완전히 닮은 모습을 하고 있다. 꽃의 색깔은 장밋빛이 섞인 흰색이며 산방꽃차례로 피어난다."고 했다.

꽃은 놀랄 만큼 뛰어난 향기를 가지고 있다. 미쇼에 의하면 야생능금나무의 열매는 지름이 3센티미터쯤 되고 맛이 대단히 시다고 한다. 그러나 이것으로 맛있는 사과절임을 만들기도 하고 사과주도 담근다. 마지막으로 미쇼는 "야생능금나무를 재배해서 새로운 종류의 맛 좋은 사과를 얻지 못한다고 해도 그 아름다운 꽃과 뛰어난 향기만으로도 사람들의 칭송이 자자할 것"이라고 말한다.

나는 1861년 5월에야 처음으로 야생능금나무를 볼 기회를 가졌다. 내가 이 나무에 대해 아는 지식은 미쇼의 책을 통해서 얻은 것이지만, 내가 아는 한 미쇼 이후의 식물학자들은 이 나무에 대해 별다른 중요성을 부여하여 다루지를 않고 있다. 그래서 나는 이 나무를 반쯤은 전설적인 나무로 생각하고 있었다. 나는 한때 펜실베이니아 주의 글레이드 지역으로 상당히 먼 여행을 떠날 생각을 한 적이 있었다. 듣자하니 그곳에서는 야생능금나무가 완벽한 상태로 자생한다는 것이었다. 어린나무를 구하기 위해 묘목장에 주문을 내볼까도 했지만 있을 것 같은 생각이 안 들었고 또 묘목장 사람들이 야생능금나무를 유럽산 사과나무와 구별할 수 있으리라고 생각하지 않았다.

그런데 마침내 미네소타 주에 갈 기회가 생겼다. 가는 도중에 있는 미시간 주에 들어서자 기차의 창문 밖으로 장밋빛 아름다운 꽃을 피우는 나무들이 눈에 띄기 시작했다. 처음에 나는 그것이 산사나무의 일종일 것이라고 생각했다. 그러나 곧 그 참다운 정체가 내 뇌음에 스쳤으며, 이 나무야말로 내가 오래전부터 찾고 있던 야생능금나무라는 것을 알게 되었다. 야생능금나무는 5월 중순경에 그곳의 철로 변에서 가장 흔하게 볼 수 있는 꽃나무라는 것이었다.

하지만 막상 그 나무 근처에서 기차가 서는 적은 없었으며, 미시시피 강을 따라 깊숙이 들어갔을 때도 그 나무를 직접 손으로 만져볼 기회를 가질 수 없었다. 나는 탄탈로스의 운명을 체험하는 심정이었다. 세인트앤소니 폭포에 도착했을 때는 야생능금나무의 자생 지역을 지나서 훨씬 북쪽으로 왔다는 이야기를 듣고는 섭섭한 마음을 금할 수 없었다. 그러나 폭포로부터 서쪽 13킬로미터쯤 되는 지역에서 드디어 그 나무를 찾아낼 수 있었다. 나는 그 나무를 만져보고 냄새를 맡았다. 그리고 아직도 지지 않고 있는 산방꽃차례의 야생능금꽃을 채집하여 나의 식물 표본집에 담았다.

# 야생사과나무는 어떻게 자라는가

야생능금나무는 아메리카 인디언처럼 미국 대륙의 토착종이다. 그러나 나는 그 나무가 사과나무들 가운데 '오지의 주민'이라고 할 수 있는 야생사과나무보다 더 강인한 나무라고 생각하지는 않는다. 야생사과나무는 사람들이 재배하는 종의 후손이기는 하지만 토양이 좋기만 하면 인가에서 멀리 떨어진 들이나 숲 속에도 뿌리를 내린다. 나는 이 세상의 무수히 많은 나무들 가운데 이 나무보다 더 큰 어려움을 견디며, 자신의 적들을 맞이하여 그보다 더 강인하게 싸워나가는 나무를 알지 못한다. 내가 하려는 이야기는 바로 이 나무에 관한 것이다. 야생사과나무의 이야기는 흔히 다음과 같이 시작한다.

5월 초순경 우리는 소들을 방목하는 풀밭에 사과나무의 싹들
이 터서 자라나는 것을 보게 된다. 마을에서 조금 떨어진 이스터
브룩스 지역의 돌 많은 풀밭이나 서드베리 마을 근처의 납스카트
언덕 꼭대기 같은 데가 그런 곳이다. 이들 어린 사과나무들 중 한
두 그루가 가뭄이나 그 밖의 재난을 견디고 살아남는다. 처음에
는 이 나무들이 싹이 터 자라는 이 지역의 특성이, 잠식해 들어오
는 잡초들이나 기타 다른 위험을 막아준다.

"두 해가 지나면 사과나무는

바위 높이만큼 자라서,

눈앞에 펼쳐진 세상 구경을 하며

풀 뜯는 양 떼를 두려워하지 않는다네.


하지만 이처럼 어린 나이에

어려움들이 닥쳐오기 시작하니,

황소 한 마리가 풀을 뜯으러 와서

사과나무를 한 뼘이나 갉아먹었네."


그러나 어쩌면 이 최초의 만남에서 황소는 잡초 가운데 있는

어린 사과나무를 눈여겨보지 않을 수도 있으리라. 그러나 다음 해에 사과나무가 좀 더 큰 나무로 자랐을 때 황소는 이 나무가 자기처럼 구대륙으로부터 건너온 이주자라는 것을 알아차린다. 이 나무의 잎사귀와 가지의 맛을 그는 너무나도 잘 아는 것이다. 그리하여 처음에 황소는 머뭇거리며 사과나무에게 환영의 인사말을 건네며 이런 장소에서 만난 것에 대해 놀라움을 나타낸다. 황소가 사과나무로부터 듣는 대답은 "당신이 미국에 온 이유와 똑같은 이유로 나도 이곳에 왔소."이다. 그러자 황소는 다시 사과나무를 갉아먹기 시작하는데, 그렇게 할 만한 권리가 자기에게 어느 정도 있다고 생각하기 때문이다.

사과나무는 해마다 이렇게 갉아먹히지만 절망에 빠지지는 않는다. 가지 하나가 갉아먹힐 때마다 짧은 가지 두 개를 새로이 내밀면서 사과나무는 땅 위로 나지막하게 퍼진다. 주로 땅이 움푹 들어간 곳이나 바위들 사이에 자리를 잡고는 관목과도 같이 땅땅하게 옆으로 퍼지는데, 나무라기보다는 차라리 작은 피라미드형의 촘촘한 가지투성이의 밀집체이다. 거의 바위만큼이나 단단하여 뚫고 들어갈 수가 없는 밀집체인 것이다.

이 야생사과의 관목은 가시가 있는 데다 잔가지마저도 촘촘하고 뻣뻣하여 내가 이때까지 본 것 중 가장 빽빽하고 뚫고 들어갈

수 없는 관목류에 속한다고 할 수 있겠다. 이것은 산꼭대기 같은 데에 자라는 전나무나 가문비나무의 관목과 비슷한 모습을 하고 있다. 사람들은 때때로 이런 나무들의 관목 위에 올라가 발로 밟고 서기도 하고 걸어보기도 한다.

산꼭대기에 있는 이들 나무는 그 무엇보다도 혹독한 추위와 맞서 싸워야 한다. 야생사과나무의 관목은 적으로부터 스스로를 방어하기 위해 마침내는 자기 몸에 가시가 돋도록 한다. 그러나 이 가시들에게 악의惡意는 없으며 말산酸이 약간 들어있을 뿐이다.[9]

내가 앞서 말한 돌 많은 방목지들은(야생사과나무들은 돌투성이의 들판에서 가장 잘 생존해나간다.) 이런 작은 덤불로 뒤덮여 있는데, 그 모습이 때로는 뻣뻣한 갈색 이끼나 나무 이끼 들을 연상케 한다. 그런데 그 덤불 사이사이에 수많은 사과나무 싹들이 아직도 씨껍질을 단 채로 뻗어 올라오는 것을 목격하게 된다.

마치 전지용剪枝用 가위로 생울타리를 잘라주듯 소들이 사과나무 관목의 여기저기를 연중 내내 뜯어먹기 때문에 그것은 흔히

---

9) 영어로 악의惡意는 malice이고 말산은 malic acid이다. 말산은 사과, 포도 등의 과일에 들어있으며 향기가 풍부하다.

완벽한 원뿔형이나 피라미드형이 된다. 키는 30센티미터 내지 120센티미터 정도이며, 마치 솜씨 좋은 정원사가 가위를 댄 듯 매끄러운 모습을 하고 있다. 납스카트 언덕과 그 지맥 위의 방목지에 있는 야생사과나무의 관목들은 해가 기울 무렵에는 멋진 어두운 그림자를 드리운다. 또한 이 나무들은 그 안에서 잠을 자거나 보금자리를 만드는 많은 새들에게 매를 피할 수 있는 훌륭한 피난처를 제공한다. 밤에는 한 무리의 새가 그 안에서 모두 잠자리를 만들기도 한다. 언젠가 나는 지름이 180센티미터쯤 되는 한 그루의 사과나무에 세 개의 각기 다른 개똥지빠귀의 둥지가 있는 것을 본 적도 있다.

물론 이 나무들은 처음 뿌리가 내린 시점부터 따지면 제법 나이가 든 나무들이라고 할 수 있으나, 그들 앞에 놓인 성장의 단계와 그들이 누릴 긴 수명을 생각하면 아직도 어린나무에 불과한 것이다. 나는 키가 30센티미터 정도에 폭 역시 30센티미터 정도되는 몇 그루의 사과나무의 나이테를 세어본 적이 있다. 내가 알아낸 바에 의하면 이들의 나이는 열두 살가량 되었는데 아직도 원기왕성하게 자라는 중이었다.

그 나무들은 너무나도 키가 작기 때문에 길 가는 사람의 눈에는 거의 띄지 않지만, 묘목장에서 과수원으로 옮겨진 같은 또래의 나무들은 이미 상당한 결실을 맺고 있는 것이었다. 그러나 이런 경우에도 마찬가지이지만 시간에서 벌어들인 것이 있다면 힘에서, 다시 말하면 나무의 기력 면에서 잃게 되는 것이다. 이 야생사과나무의 관목들은 이제 피라미드 단계에 와 있을 뿐이다.

소들은 이런 식으로 20년이나 그 이상의 기간 동안 사과나무 관목을 계속 뜯어먹는다. 이 때문에 나무들은 위로는 자라지 못하고 옆으로 퍼질 수밖에 없다. 마침내 나무는 상당히 넓게 퍼진 모습이 되어 스스로를 보호하는 울타리를 형성하게 된다. 바로 이때 사과나무의 적들이 미치지 못하는 나무 안쪽으로부터 어린 가지 하나가 환호작약하면서 위를 향해 뻗쳐오른다. 그 가지는 자신이 부여받은 높은 소명을 잊지 않았던 것이며, 이제 당당하게 자기 고유의 열매를 맺는다.

야생사과나무가 자신의 적인 소들로부터 궁극적으로 승리를 거두는 전략은 바로 이러한 방법을 통해서이다. 당신이 만약 어떤 한 관목의 성장 과정을 지켜보아 왔다면 이제 그 나무는 더 이상 피라미드형이나 원뿔형이 아니라는 것을 알게 된다. 이제 나무의 정점인 부분에서 하나 내지 두 개의 어린 가지가 뻗어올라 과수원의 나무보다도 더 활기차게 자라난다. 왜냐하면 이제 이 나무는 지금까지 억제되었던 활력의 전부를 이 가지의 성장에 바치기 때문이다.

얼마 되지 않아 이 가지는 작은 나무가 되는데, 관목의 아랫부분인 피라미드 위에 또 하나의 피라미드를 거꾸로 올려놓은 꼴이 되어 전체가 하나의 커다란 모래시계 모습을 띤다. 넓은 아랫부분은 이제 자신의 임무를 완수했으므로 마침내 모습을 감춘다. 너그러운 사과나무는 이제는 아무런 해를 끼칠 수 없게 된 소들로 하여금 자신의 그늘 밑에서 들어와 쉬도록 허용한다. 소들이 나무 밑동에 몸을 비벼대 껍질이 벗겨지더라도 그것을 허용할 수 있을 만큼 나무는 성장했다.

소들이 사과를 따먹더라도 그것은 자신의 씨를 널리 퍼뜨리는 역할을 하는 것이다. 그리하여 소들은 자신이 쉴 그늘과 먹을 것을 스스로 마련한 격이 되며, 사과나무는 이를테면 모래시계를 뒤집어놓고는 또 한 번의 삶을 살게 된다.

한창 자라는 사과나무의 가지를 쳐줄 때 사람의 코 높이 정도에서 쳐줄 것인가 아니면 눈높이에서 쳐줄 것인가는 요즘 일부 농부들에게는 중요한 문제이다. 소는 자신의 몸이 미칠 수 있는데까지 사과나무의 가지를 잘라먹는데, 그 정도가 적당한 높이라고 나는 생각한다.

오직 작은 새들만이 매로부터의 피난처로 아껴주고 그 외에는 멸시받았던 이 사과나무의 관목은, 떠도는 소 떼와 그 밖의 많은 고난에도 불구하고 마침내 꽃을 피우고 때를 맞춰 적긴 하지만 성실한 결실을 맺는다.

10월 말쯤 되면 잎은 다 져버린다. 그때 나는, 내가 그 성장 과정을 죽 지켜본 어떤 사과나무 관목의 중심 가지가, 그도 나처럼 자신의 숙명을 망각했거니 생각했던 그 가지가, 문득 푸른색이나 노란색 또는 장밋빛의 첫 열매를 맺고 있는 모습을 본다. 이 가지를 둘러싸고 있는, 가시 달린 빽빽한 관목의 생울타리 때문에 소들은 그 열매에 접근할 수 없겠지만 나는 그리로 서둘러 간다. 일찍이 묘사된 적이 없는 이 새로운 변종 사과의 맛을 보기 위해서이다.

우리들은 모두 '밴 몬스'나 '나이트' 같은 사람이 새로이 교배해낸 과일의 수많은 변종에 대해 들은 바 있다. 그런데 지금까지 살펴본 바가 우공牛公들의 신종 과일 개발법이며, 그들은 이 두 사람이 해낸 것보다 종류도 더 많고 맛도 더 뛰어난 사과의 변종들을 개발해낸 것이다.

야생사과나무가 감미로운 열매를 맺기까지는 얼마나 많은 고통을 견뎌냈겠는가? 그 열매는 과수원에서 기르는 사과나무의 열매보다 크기는 다소 작을지언정 맛은 결코 뒤지지 않는다. 아니, 그 나무가 맞서 싸워야 했던 온갖 고난 때문에 더 달콤하고, 더 감칠맛이 나는 열매를 맺게 되었다고 할 수 있으리라.

소나 새 한 마리가 인가에서 멀리 떨어진 돌투성이의 언덕배기에 어쩌다가 떨어뜨린 사과 씨로부터 태어난 이 야생의 사과가 비록 그것을 본 사람이 아직은 한 사람도 없다 하더라도 사과의 온갖 품종 중 가장 뛰어난 것이 되었는지 어느 누가 알겠는가? 그리하여 여러 나라의 왕들이 그 사과에 대한 소문을 들으며, 여러 왕립협회들이 그 나무를 번식시키려고 애쓰게 될지 그 누가 알겠는가? 비록 그 사과나무가 자라는 땅 주인의 심술궂은 성미에 대해서는 자신의 마을 경계 밖에서는 아무도 아는 사람이 없더라도 말이다. '포터'나 '볼드윈'같이 빼어난 사과 품종은 이렇게 해서 생겨난 것이다.

야성의 어린아이를 만날 때 그렇듯이 한 그루의 야생사과 나무 관목을 볼 때마다 우리는 기대감에 부풀어오른다. 어쩌면 그 나무는 변장을 한 왕자일지도 모른다. 인간에게 그 나무가 보여주는 교훈은 어떤 것일까? 인간은 가장 높은 기준으로 재어지는 존재이다. 그 스스로 천상의 과일을 시사하며 또 그런 과일을 맺기를 갈망하지만, 야생사과나무나 마찬가지로 운명이라는 이름의 황소에 의해 뜯어먹히고 있다.

오직 가장 끈질기고 강인한 천재적 인물들만이 스스로를 방어해나가다가 어려움을 극복하고는 마침내 여린 가지 하나를 하늘을 향해 내뻗는다. 그러고는 자신이 맺은 완전무결한 과일을, 감사할 줄 모르는 땅 위에 떨어트려주는 것이다. 시인이나 철인이나 대정치가는 야생사과나무처럼 들판에서 싹이 터서는, 창의력 없는 군중들이 모두 죽은 다음에도 그 생명을 유지하는 것이다.

진리의 추구도 그와 마찬가지이다. 이 천상의 과일들, 헤스페리데스 섬[10]의 황금 사과들을 백 개의 머리를 가진 용이 지키고 있으며 그 용은 단 한순간도 잠을 자지 않는다. 그러므로 이 열매를 따는 것은 헤라클레스의 고난만큼이나 어려운 일이다.

지금까지 내가 이야기한 것은 야생사과가 번식해나가는 방법 중의 하나이며 또 그중 가장 특이한 방법이기도 하다.

그러나 야생사과나무는 대개는 숲 속이나 저습지 또는 길 옆 등 토양이 알맞은 곳에 산발적으로 싹이 터 자라난다. 숲이 무성한 곳에서 자라는 사과나무는 키가 크고 호리호리하다. 나는 가끔 이런 나무에서 사과를 따먹어 보기도 하는데, 맛은 과수원 사과처럼 부드럽고 순했다. "땅바닥에는 자생한 사과나무의 열매가

---

10) 헤스페리데스 섬 _ 그리스 신화에 나오는, 세계의 서쪽 끝에 있다는 섬.

흩어져 있도다."라고 한 팔라디우스의 말이 생각난다.

만약 어떤 야생사과나무가 그 자신 쓸 만한 열매를 맺지 못하는 경우에는 다른 사과나무들의 뛰어난 품질을 후세에 전달할 수 있는 접목의 대목으로 쓰기에 가장 안성맞춤이라는 사실은 예부터 전해져오는 말이다. 그러나 내가 찾고 있는 것은 대목이 아니라 야생사과나무의 열매 그 자체이다. '연화軟化'되지 않은 그 강렬한 맛을 그대로 지닌 야생사과 말이다. 왜냐하면, "나의 지상 목표는 베르가모트 감귤나무를 심는 것"이 아니기 때문이다.

# 야생사과의 맛

야생사과를 맛보는 데 가장 좋은 시기는 10월 말과 11월 초이다. 열매가 늦게 성숙하기 때문에 그때야 제맛을 낸다. 그리고 이때쯤에 사과의 아름다움도 그 절정을 이룬다. 농부들이 거두어들일 가치도 없다고 생각하는 이 야생사과를 나는 대단한 과일로 여긴다. 야성의 맛을 지닌 시의 여신의 과일이며, 그 자신 생기가 넘치면서 또한 사람의 생기를 북돋워주는 과일이다.

농부는 자기의 통 속에 담아놓은 사과들이 더 좋은 사과라고 믿고 있으나 그것은 잘못된 생각이다. 그가 산과 들을 쏘다니기를 좋아하는 사람이며 그런 사람에게 걸맞은 식욕과 상상력을 이미 가지고 있지 않다면 참다운 사과 맛을 알 리 없기 때문이다.

농부는 식욕과 상상력 중 그 어떤 것도 가지고 있지 않을 것이다.

이러한 야생사과나무에 열린 열매로서 11월 초가 지나서도 그대로 남아있는 것들을 나는 땅 주인이 거두어들일 의사가 없는 것으로 간주한다. 그것들의 참다운 주인은 그 사과들만큼이나 야성의 기질을 가진 아이들(나는 그런 아이들을 몇몇 알고 있다.)과 추수가 끝난 세상의 모든 들판을 돌아다니며 남아있는 이삭과 과일을 놓치지 않고 줍는 광기의 눈을 가진 어떤 여인 그리고 그 누구보다도 우리들 같은 '보행자들'인 것이다.

산과 들을 쏘다니다 찾아낸 이 야생사과들의 진짜 주인은 우리이다. 우리가 오랫동안 주장해온 이 권리는, 인생을 제대로 사는 방법을 알고 있는 몇몇 유서 깊은 나라에서는 하나의 관습처럼 되어있다. 내가 듣기에, '사과 줍기'라고 부르는 게 좋을 이 관습이 영국의 헤리퍼드 주에서 행해지고 있거나 최소한 얼마 전까지 행해졌다. 그것은 전반적인 사과 수확 작업을 할 때 나무 하나하나마다 몇 개의 사과를 아이들을 위해 일부러 남겨놓는 관습이다. 그러면 아이들은 장대와 바구니를 가지고 와서 이 사과들을 따간다.

지금까지 말한 이 지방의 야생사과들을, 나는 이곳에 자생하는 야생의 과일로 생각하고 딴다. 이 사과들이 열린 늙은 사과나무들은 나의 소년 시절 이후 계속 노쇠해 가고 있지만 아직 완전히 죽은 상태는 아니다. 오직 딱따구리나 다람쥐만이 찾아줄 뿐 땅 주인으로부터는 버림받은 상태이긴 하지만. 주인에게는 이제 이 나무의 가지들 밑을 살펴볼 만큼의 신념도 남지 않았다.

약간 떨어진 거리에서 이 나무의 상단부를 보면 나무 이끼나 걸쳐 내려와 있으리란 생각 외에는 별 기대를 않게 된다. 그러나 당신이 이 나무를 어떤 믿음을 가지고 대한다면 당신은 나무 밑에 흩어져 있는 생기발랄한 사과들을 발견함으로써 그 보상을 받을 것이다.

사과들 중 몇 개는 다람쥐 굴 앞에 쌓여 있을지도 모르는데, 그것들을 그리로 가지고 간 다람쥐의 이빨 자국이 보이기도 하리라. 그리고 어떤 사과의 안을 살펴보면 귀뚜라미 한두 마리가 조용히 식사 중에 있으며, 특히 날씨가 습한 때는 집 없는 달팽이 한 마리가 들어있기도 하리라. 사과나무의 상단부에 끼여 있는 막대기나 돌 들을 보면, 이 나무 열매가 과거에는 사람들이 그처럼 열심히 따려고 했을 만큼 맛이 좋았다는 사실을 당신에게 일깨워줄 것이다.

《미국의 과일과 과일나무들》이라는 책에는 야생사과에 대한 이야기가 전혀 없다. 그러나 야생사과는 접붙인 보통의 사과들에 비해 내게는 훨씬 인상적인 맛을 지니고 있다. 10월과 11월 그리고 12월과 1월의 날씨가(아니, 어쩌면 2월과 3월의 날씨마저도) 야생사과들의 맛을 어느 정도 순화시켜 놓아 이제 그들은 보통 사과들에 비해 좀 더 짜릿하면서도 미국 대륙 특유의 풍미를 간직한 과일이 된다. 그때그때 정곡을 찌르는 표현을 잘 쓰는 인근의 한 늙은 농부는, "그 사과들은 활시위를 당길 때와 같은 짜릿한 맛이 있다."고 말한 적이 있다.

농부들이 접붙이기 위해 고르는 사과들은 그들이 지닌 어떤 발랄한 맛 때문이 아니라 대개는 맛이 순하다거나 크고 열매를 많이 맺는 특성 때문에 선택이 되며, 과일의 아름다움보다는 매끈하고 흠이 없는 점 때문에 선택이 된다. 솔직히 말해서 나는 원예 전문가 여러분들이 선정한 우량 과일 명단을 믿지 않는다. 그들이 말하는 '최고 애호 품종'이나 '천하일품' 또는 '결정적 품종'은 심어서 키워놓고 보면 대개는 순하고 평범한 맛을 가진 과일만 맺을 뿐이다. 이런 사과들은 진정한 풍미를 지니지 못하며 먹을 때도 별다른 묘미가 느껴지지 않는다.

야생사과들 중 어떤 것들은 시고 얼얼한 맛이 나서 요리용 신 과즙으로나 써야 한다고 하지만 그게 어떻단 말인가? 그래도 그것들은 한결같이 순진무구하고 우리 인류에게 자애로운 과일의 왕국에 속하지 않는가? 나는 이런 사과들이라도 사과주 공장으로 보내버리기에는 아깝다는 생각이 든다. 어쩌면 그것들은 아직 제대로 익지 않았을 뿐인지도 모른다.

이 자그마한 붉은색의 사과들이 가장 맛 좋은 사과주의 재료가 된다고 흔히들 생각하는데 그것은 이상한 일이 아니다. 영국의 식물학자 루돈은 〈헤리퍼드 주의 농업 현황〉을 인용하여 말하기를, "자그만 사과는 품질 면에서 동등하다면 항상 큰 사과보다 더 선호되어야 할 것이다. 왜냐하면 과육은 묽고 싱거운 즙을 내는 부분인데, 과육에 대한 껍질과 속의 비율이 자그만 사과에서 가장 클 것이기 때문이다. 이것을 증명하기 위하여 1800년경 헤리퍼드 읍의 시몬즈 박사는 사과의 껍질과 속만으로 한 통의 사과주를 담그고 과육만으로 또 한 통을 담가보았는데, 전자가 상당히 높은 강도를 지닌 데 비해 후자는 달고 김이 빠진 맛이 났다."고 했다.

영국의 저술가 이블린은 빨간색의 '레드 스트레이크' 종이 그 당시 사과주 담그는 데 가장 인기 있는 종류였다고 한다. 그는 뉴버그 박사라는 사람의 말을 인용하여 말하기를, "내가 듣기로 저지 섬에서는 사과 껍질에 붉은색이 많을수록 사과주 담그는 데 더 좋다는 것이 일반적인 생각이라고 한다. 껍질 색깔이 연한 사과는 가급적이면 술 담그는 데 쓰지 않으려고 한다."고 말했다. 이 생각은 지금도 사람들 사이에 널리 퍼져 있다.

　11월에는 모든 사과가 맛이 좋다. 농부들이 맛이 좋지 않아 장에 나가 팔 수 없으리라고 생각해서 따지 않고 남겨둔 사과들이 보행자들에게는 가장 맛 좋은 과일이 된다. 그러나 이상하기 짝이 없는 것은, 들이나 숲에서 따먹었을 때에는 그처럼 생기발랄하고 독특한 풍미가 있던 사과가 일단 집으로 가져오면 흔히 거칠고 깔깔한 맛이 나는 점이다. '소요객逍遙客의 사과'라는 이름을 가진 야생사과가 있지만 이 사과를 집 안으로 가져왔을 때는 소요객마저도 먹기가 힘든 것이다. 우리의 입맛이 산사나무 열매나 도토리를 거부하듯, 집 안에서는 야생사과를 거부하고 보다 순한 맛의 사과를 찾는다. 그것은 야생사과를 먹을 때에 같이 있어야 할 필수 양념인 11월의 공기가 집 안에는 없기 때문이다. 이와 같은 이유에서 '티티로스'가 땅거미가 지는 것을 보고 '멜리뵈우스'더러 같이 집에 가서 밤을 보내자고 할 때 그는 순한 맛의 사과와 부드러운 밤을 주겠다고 약속하는 것이다.[11]

---

11) '티티로스'와 '멜리뵈우스'는 고대 로마의 시인 베르길리우스의 《전원시田園詩》에 나오는 두 목자牧者의 이름이다.

나는 자주 들에 나가 야생사과들을 따는데, 이 사과들이 너무나도 맛이 좋고 향기롭기 때문에 과수원 주인들이 모두 그 나무로부터 접가지를 잘라가지 않는 것이 이상하다고 생각하며 주머니에 가득 사과를 따가지고 집으로 온다. 그러나 방 안에 있을 때 책상서랍에서 그 사과들 중 한 개를 꺼내 먹는 경우 뜻밖에도 맛이 별로 좋지 않은 것을 발견한다. 즉, 다람쥐의 이빨을 시큰거리게 하고 어치로 하여금 비명을 지르게 할 정도로 시디신 것이다.

이 사과들은 바람과 서리와 비를 맞고 자라면서 기후나 계절의 온갖 속성을 모두 흡수했기 때문에 '계절의 양념'이 잔뜩 들어 있어 자신들의 기백으로 먹는 사람을 '찌르고' '쏘고' '충만케' 한다. 따라서 이 사과들은 '제철에', 다시 말해서 야외에서 먹어야만 하는 것이다.

이들 10월 과일의 야성적이고 예리한 풍미를 제대로 맛보기 위해서는 당신은 10월이나 11월의 공기, 그 정신을 바짝 들게 하는 공기를 들이마셔야 할 것이다. 보행객이 여기저기 쏘다니며 들이마시는 바깥 공기와 그가 하게 되는 운동은 그의 입맛을 꽤 바꾸어놓는다. 그렇기 때문에 집 안에만 있는 사람이 먹었을 때는 거칠고 신맛이 난다고 할 만한 과일을 갈구하게 되는 것이다.

이 과일들은 반드시 들에서 먹어야만 한다. 그때 당신은 한참을 쏘다녔기 때문에 온몸에 땀이 나 있을 것이다. 매서운 날씨는 손을 시리게 하고 바람은 앙상한 나뭇가지를 흔들어대어 몇 개 남지 않은 잎사귀들을 바스락거리게 하고 있다. 어치들은 시끄럽게 울며 주위를 날아다닌다. 집 안에서 먹을 때 신맛이 나는 과일도 활기차게 걷고 난 다음에 맛을 보면 달기만 한 것이다. 이런 야생사들 중 어떤 종류에는 '반드시 바람을 맞으며 먹을 것'이라는 꼬리표를 붙여놓는 것이 좋을 것이다.

물론 어떠한 맛도 그냥 버려지는 것은 아니다. 그 맛을 음미할 수 있는 자들을 위하여 존재하는 것이다. 어떤 사과는 두 개의 각기 다른 맛을 가지고 있어 어쩌면 그 사과의 반쪽은 집 안에서 먹고 다른 반쪽은 들판에서 먹어야 할는지 모른다.

1782년에, 노스보로에 사는 피터 휘트니라는 사람은 보스턴 학술원의 회보에 기고한 글에서 자기 마을에 있는 한 그루의 사과나무를 묘사한 바 있다. 그에 따르면 이 나무는 "서로 상반되는 성격을 가진 열매를 맺는데, 같은 사과의 한쪽은 신데 다른 반쪽은 달다."는 것이었다. 또 어떤 사과는 전체가 시기만 한가 하면 또 다른 사과는 전체가 달기만 하며, 이러한 다양성은 그 나무가 맺은 열매 모두에 골고루 퍼져 있다는 것이었다.

우리 읍의 노쇼턱트 언덕에 야생사과나무가 한 그루 있는데 그 나무의 열매는 특유의 달콤쌉싸름한 맛을 가지고 있다. 그런데 이 맛은 사과를 4분의 3쯤 베어먹었을 때에야 느껴지기 시작한다. 그 맛은 혀에 남는다. 사과를 먹는 동안은 노린재 냄새와 똑같은 냄새가 난다. 이 사과를 먹으면서 그 맛을 즐긴다는 것은 하나의 승리를 쟁취하는 것과 같다.

내가 듣기에 프랑스의 남부 프로방스 지방에는 '휘파람 자두'라는 자두나무의 일종이 있는데, 열매가 너무 시어서 그것을 먹고 나서는 휘파람을 불 수 없기 때문에 그런 이름이 붙었다고 한다. 하지만 내 추측에는 사람들이 그 자두를 집 안에서만 그것도 여름에만 먹었던 것 같다. 만약 매섭게 추운 날씨에 들에서 그것을 먹어본다면 한 옥타브 더 높게, 멋지게 휘파람을 불 수 있을지 그 누가 알겠는가?

자연의 시고 쓴 맛들은 오직 들에서만 그 참다운 맛을 음미할 수 있다. 나무꾼이 겨울의 한낮에 양지바른 숲 속의 빈터에 앉아 점심을 먹을 때도 마찬가지이다. 방 안에 있는 학생이 피부로 느꼈더라면 벌벌 떨 만한 강추위에서도 그는 만족하는 마음으로 한 줄기의 햇살을 받아들여 쬐며 여름에 대해 생각하는 것이다. 밖에 나가 일에 몰두해 있는 사람은 추위를 느끼지 않는다. 집 안에 앉아 덜덜 떨고 있는 사람이 추위를 느끼는 것이다. 온도나 맛이

나 그 이치는 똑같다. 춥고 더운 것이나 시고 단 것이나 그 이치는 똑같다. 이 자연만이 가지고 있는 풍미를 병든 사람의 입맛은 거부할 것이다. 하지만 그것만이 참다운 양념인 것이다.

당신이 진정 아끼는 양념이 당신의 감각 속에 들어있도록 하라. 이들 야생사과들의 맛을 진정으로 음미하기 위해서는 건강하고 활기찬 감각이 있어야 한다. 혓바닥과 입천장에 난 유두돌기들이 단단하고 똑바로 서 있어야 할 것이며 쉽게 맥이 빠지고 길들여져서는 안 될 것이다.

야생사과에 관련된 나의 체험에 비추어볼 때, 야만인이 좋아하는 여러 가지 음식을 문명인이 거부하는 데는 충분한 이유가 있음을 이해하게 된다. 야만인은 들에서 생활하는 사람의 입맛을 가지고 있다. 야생과일의 참맛을 알기 위해서는 야만적인 또는 야성적인 입맛을 가져야 한다.

그렇다면 인생의 사과, 세상의 사과의 맛을 진정으로 알기 위해서는 얼마나 건강하고 얼마나 야성적인 식욕이 있어야 하겠는가!


"내가 원하는 것은 흔해 빠진 사과가 아니다.

모든 구미를 전부 맞추어주는 사과도 아니다.

내가 필요로 하는 것은 맛이 오래간다는 '되장' 사과도

아니고,

홍조를 띤 '그리닝' 사과도 아니다.

맨 처음으로 아내의 이름을 바가지 긁는

여자로 만든 사과도 아니고,

그 아름다움으로 인해 황금의 분쟁을 일으킨 사과도

아니다.

아니다, 결코 아니다.

나는 생명의 나무에 열린

사과 한 알을 원할 뿐이다."


그러므로 야외에 적합한 사념이 있는가 하면 집 안에 적합한 사념이 있다. 나는 나의 사념이 야생사과와도 같이 산과 들을 쏘다니는 보행자를 위한 것이기를 바란다. 집 안에서 맛을 보아서는 결코 삼킬 수 없는 그런 종류이기를 말이다.

## 야생사과의 아름다움

거의 모든 야생사과는 생김새가 잘생겼다.

울퉁불퉁하고 색이 덜 선명한 사과들도 보기가 흉하지는 않다. 울퉁불퉁한 정도가 아주 심한 것일지라도 그 결점을 상쇄할 만한 가치를 가지고 있다. 시각적인 면에서조차 말이다. 어느 날 저녁 우연히 당신은 어떤 사과의 융기부나 오목하게 들어간 부위에 빨간 물감이 뿌려진 듯한 모습을 발견하게 되리라. 여름이 사과의 둥근 몸체 어딘가에 줄무늬나 점무늬를 그려넣지 않은 채 자신의 계절이 지나가도록 내버려둔 경우는 드물다.

일부 사과의 몸체에 찍혀 있는 붉은 반점들은 그 사과가 지켜본 어떤 아침과 저녁을 기념하기 위해서이다. 어두운 녹색의 얼룩들은 그 사과 위로 지나간 구름들과 흐릿하고 축축했던 날들을 잊지 않기 위해서이다. 또한 푸른색의 널찍한 들판은 자연의 일반적인 얼굴 모습을 반영하며 들판 그 자체로서 푸르다. 노란 바탕색은 보다 순한 맛을 암시하며 추수 그 자체처럼 황금색인가 하면 언덕의 색깔처럼 적갈색일 때도 있다.

이 말로 표현할 수 없을 정도로 아름다운 사과들은 불화의 사과가 아니라 화합[12]의 사과들이다. 그러나 지나치게 희귀한 사과들은 아니어서 가장 서민적인 사람들에게도 한몫은 돌아가게 된다.

서리에 채색된 이 사과들 중 어떤 것들은 한결같이 해맑은 노란색이나 빨간색 또는 주홍색인데, 마치 사과의 원구가 규칙적으로 회전하면서 햇빛의 혜택을 온몸에 골고루 받아들였던 것 같다. 어떤 사과들은 보일 듯 말 듯한 가벼운 홍조를 띠고 있는가 하면 다른 사과들은 얼룩 암소처럼 담홍색의 짙은 붉은색의 줄무늬를 하고 있기도 하고, 수백 개의 미세한 붉은 줄이 꼭지로부터 맞은편 옴폭 들어간 곳까지 자오선처럼 규칙적으로 쳐 있기도 하다. 어떤 사과들은 나무 이끼 같은 녹색의 얼룩이 여기저기 산재해 있는 데다 진홍빛의 눈 모양 반점들이 찍혀 있는데, 빗물에 젖

---

12) 화합은 영어로 콩코드concord이며 그것은 소로우의 고향 마을의 이름이기도 하다.

기라도 하면 이글이글 타오르는 눈처럼 보이기도 한다.

또 다른 사과들은 울퉁불퉁한 생김새에다 꼭지에 가까운 곳은 하얀 바탕색에 미세한 진홍색 반점들이 뿌려져 있다. 그 모습은 마치 하느님이 가을철에 단풍잎의 채색 작업을 하는 도중에, 붓에 묻은 물감이 잘못해서 사과 위에 흩뿌려진 것만 같다. 아름다운 처녀가 뺨을 붉힌 듯 속마저 빨간색인데, 너무나도 아름다워 차마 베어먹을 수가 없기 때문에 차라리 요정들을 위한 음식이라고나 해야겠다. 그것은 전설적인 헤스페리데스 섬의 사과이며 저녁노을이 진 하늘의 사과인 것이다.

그러나 해변의 조개들이나 조약돌들처럼 이 사과들도 가을날 숲 속의 작은 계곡에서 단풍색이 짙어가는 잎사귀들 사이에서 활기찬 모습을 하고 있을 때나 이슬에 젖은 풀잎 속에 누워 있을 때에 보는 것이 제격이며, 집으로 가져와 시들고 색이 바랬을 때는 보지 말아야 할 것이다.

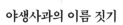

## 야생사과의 이름 짓기

사과주 공장에 무더기로 쌓여 있는 수많은 종류의 사과들에게 적절한 이름을 지어주며 한때를 보내는 것도 꽤 유쾌한 일일 것이다. 사과 이름을 지을 때 사람의 이름을 따서 짓지 않고 모두 일반 용어로 지어야 한다면 그 사람의 상상력은 바닥이 나지 않을까?

야생사과들의 명명식에는 그 누가 대부 역할을 할 것인가? 만약 라틴어나 그리스어를 사용한다면 이들 언어들을 소진하고 일상용어를 고갈시킬 것이다. 그리하여 우리는 우리의 작명 작업을 돕도록 해돋이와 해넘이, 무지개와 가을 숲과 야생화들을 불러들이며, 딱따구리와 자주양진이, 다람쥐와 어치와 나비 그리고 11월

의 나그네와 수업을 빼먹고 놀러다니는 농땡이 소년을 불러들여
야 할 것이다.

1836년, 영국의 런던 원예학 협회에 딸린 정원에는 1,400가지
이상의 각기 다른 사과나무들이 있었다. 이곳 미국에는 런던 원
예학 협회의 목록에 없는 것들이 꽤 많이 있다. 토종인 야생능금
나무의 변종으로서 사람이 재배할 수 있는 것들을 빼고도 말이
다. 이들 중 몇 가지를 열거해보자. 영어가 통용어가 아닌 나라에
사는 독자들의 편의를 위해 그 나무들의 라틴어 이름도 명기해야
할 것 같다. 왜냐하면 이들 중에는 범세계적 명성을 가지게 될 것
들도 있을 테니까 말이다.

우선 무엇보다도 '수풀 사과Malus Sylvatica'를 들 수 있겠다.
또 '푸른어치 사과'와 숲 속의 작은 계곡에 자라는 '숲계곡 사과
Sylvestrivallis' 그리고 들판의 움푹 들어간 곳에 자라는 '움푹들
판 사과Campestrivallis'가 있다. 지하 저장실이 있었던 곳의 구
멍에서 자라는 '저장실구멍 사과Malus Cellaris'가 있는가 하면
'초원 사과'와 '들꿩 사과'도 있다. '농땡이 사과Cessaroris'도 있
는데, 이 나무를 본 아이는 등교 시간에 아무리 늦었다고 하더라
도 사과 몇 알을 따지 않고서는 그냥 지나치지 않을 것이다.

'소요객 사과'도 있는데 이 사과나무를 찾아내려면 우선 길

을 잃고 꽤 헤매야만 될 것이다. '맑은공기 사과Decus Aeris'와 '12월 사과'가 있는가 하면 '얼었다녹은 사과Gelato-Soluta'도 있다. 이 사과는 얼었다 녹은 상태에서 먹는 것이 제격일 것이다. '콩코드 사과'는 콩코드 강의 또 다른 이름을 붙인 '머스키타퀴드 사과Musqetaquidensis'와 아마도 같은 것이리라.

'아사벳 사과'와 '줄무늬 사과', '뉴잉글랜드포도주 사과'와 '붉은다람쥐 사과'도 있다. '녹색 사과Malus Virdis'는 수많은 별칭을 가지고 있다. '아탈란타[13] 사과'는 아탈란타가 달리기 경주를 멈추고 주웠던 사과일 것이다.

'생울타리 사과Malus Sepium'가 있는가 하면 '달팽이 사과 Limacea'도 있다. '철로 사과'는 아마도 기차를 타고 가던 사람이 먹고 버린 씨에서 유래했을 것이며, '청춘 사과'는 우리가 젊었을 때 맛을 본 사과이리라. 그 어떤 일람표에도 나오지 않는 이 지방 특유의 야생사과가 있는데 그것은 '보행의 즐거움Pedestrium

---

13) 아탈란타 _ 그리스 신화에 나오는 걸음 빠른 사냥꾼 처녀. 늘씬한 미녀인 그녀에게 많은 청년들이 구혼했으나 결혼해서는 안 되는 특수한 사정을 가지고 있던 그녀는 자신과 달리기 경주에서 이긴 사람과는 결혼을 하고 그렇지 못한 사람은 죽이겠다는 조건을 내걸었다. 수많은 구혼자가 죽은 후, 히포메네스라는 청년이 나와 사랑의 여신 아프로디테로부터 받은 세 개의 황금 사과를 떨어뜨려 그녀로 하여금 줍게 하여 경주에 이긴다.

Solatium'이라는 이름을 가진 사과이다.

'잊힌 낫'이라는 이름의 야생사과나무에는 주인을 잃은 낫이 걸려 있을 것이다. 또 '이둔 여신의 사과'가 있는가 하면, '로키 사과'도 있는데 악의 신인 로키가 숲 속에서 찾아낸 사과일 것이다. 그 밖에도 무수히 많은 야생사과 명단을 가지고 있지만 너무 많아 일일이 열거할 수가 없다. 그것들은 모두 훌륭한 사과들이다.

일찍이 보대우스는 고대 로마 시인 베르길리우스의 시를 개작하여 재배종의 사과에 대한 찬사를 보내는 시를 쓴 바 있다. 나는 보대우스의 시를 또 개작하여 다음과 같이 읊는다.


"내가 백 개의 혀와 백 개의 입과

쇠로 된 목소리를 가졌다 해도

이 야생사과들의 온갖 아름다움과

그 모든 이름들을 열거할 수는 없으리."

# 마지막 사과 줍기

11월 중순이 되면 야생사과들은 윤기를 꽤 잃어버리며 대개는 땅에 떨어진다.

상당수가 땅에서 썩어가지만 싱싱한 것들은 전보다 더 맛이 좋다. 늙은 나무들 사이를 돌아다니노라면 박새의 울음소리는 한결 더 또렷하게 들린다. 꽃망울을 반쯤 닫은 가을 민들레가 눈물을 가득 담고 있다.

하지만 당신이 사과 줍기에 재능이 있다면 들에 사과가 다 사라져버렸으리라고 생각되는 시점이 훨씬 지나서도 몇 개의 주머니를 채울 만큼 사과를 손에 넣을 수 있다. 접붙인 사과를 포함해서 말이다. 나는 소택지 언저리에서 자라는, 거의 야생사과나무나 다름없는 블루페어메인 종의 사과나무 한 그루를 알고 있다. 언뜻 보기에는 사과가 단 한 개라도 남아있을 것 같지 않다.

그러나 이제 체계적인 탐색 방법을 써보자. 사람 눈에 드러나 있는 사과들은 이제는 썩어서 갈색으로 변해 버렸겠지만 어쩌면 젖은 낙엽들 사이 여기저기에서 한두 개의 사과가 아직도 싱싱한 모습을 보이고 있을 것이다.

이런 일에 경험이 많은 나는 잎이 다 져버린 오리나무들과 허클베리 덤불 그리고 시들어가는 창포들 사이를 뒤진다. 낙엽이 잔뜩 쌓인 바위틈도 살펴보고, 땅에 떨어져 썩어가고 있는 고사리 잎들을 들추기도 한다. 고사리 잎들은 사과나무와 오리나무의 낙엽과 함께 땅 위에 수북이 쌓여 있다. 사과들이 땅이 움푹 파인 곳으로 굴러들어가 사과나무의 낙엽을 덮고(사과를 포장하는 방법으로는 정말 안성맞춤이 아닌가?) 숨어있다는 것을 나는 알고 있는 것이다.

나는 사과나무 주변에 있는 이런 숨겨진 장소로부터 사과들을 찾아낸다. 그것들은 물기에 젖은 상태로 윤기가 난다. 어떤 것은 토끼가 조금 갉아먹었거나 귀뚜라미가 파먹기도 했는데 보통 잎사귀가 한두 개 달려 있다. 이들 사과에는 과분이 아직 남아있으며, 농부들이 수확해서 통에 담아놓은 과수원 사과들보다 과일의 숙성도나 보관 상태 면에서 결코 처지지 않다. 오히려 상큼하고 발랄한 맛을 지닌 점에서 그것들보다 더 낫다고 할 수 있다.

위에 말한 장소들을 찾아보아도 별 소득이 없을 때 나는 사과나무 옆가지에서 무성하게 뻗어나오는 흡지吸枝들의 기저基底 부분을 살펴본다. 때때로 사과가 그곳에 끼여 있기 때문이다. 아니면 오리나무 덤불의 한가운데에 사과들이 낙엽에 가려져 있기도 하다. 이런 곳들은 소들이 사과 냄새를 맡았다 하더라도 손이 미치지 못한다.

배가 몹시 고플 때, 페어메인 종의 사과를 마다하지 않는 나는 양쪽 호주머니를 이 사과들로 가득 채운다. 차가운 저녁 무렵 집을 향해 6~8킬로미터의 길을 걸어오면서 사과를 꺼내 먹는다. 처음에는 이쪽 주머니, 다음에는 저쪽 주머니에서 번갈아가며 한 개씩 꺼내먹어 몸의 균형을 유지한다.

게스너의 동물학 서적을 읽어보면 호저[14]가 사과를 모아 자기 집에 가져가는 방법은 다음과 같다고 한다. 그에 따르면 "호저의 주식은 사과와 벌레들과 포도이다. 땅 위에 사과나 포도를 발견하면 그는 그 위에 자신의 몸을 뒹굴린다. 등의 모든 가시에 열매

---

14) 호저豪猪 _ 호저과의 포유동물로, 고슴도치처럼 가시털이 빽빽하게 났지만 그보다 훨씬 몸집이 크다.

가 박히면 그제야 그것들을 집으로 나르기 시작하는데 입에는 한 개 이상을 물지 않는다. 만약 가는 도중에 열매가 한 개라도 땅에 떨어지면 몸을 흔들어 나머지 열매들을 모두 떨어뜨린 다음 그 위에 다시 뒹구는데, 모든 열매가 다시 등의 가시에 다 박힐 때까지 그 동작을 멈추지 않는다.

이런 식으로 호저는 앞으로 나아가는데 마치 짐수레 바퀴가 굴러가는 것 같은 소리가 난다. 보금자리에 새끼들이 있는 경우, 새끼들은 어미 등의 가시에 박힌 먹이를 빼어내어 양껏 먹은 다음 나머지는 나중을 위해 남겨둔다."

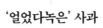

## '얼었다녹은' 사과

11월 말이 되면 일부 싱싱한 사과들은 더욱더 감칠맛이 돌지만 대개는 잎사귀들과 마찬가지로 그 아름다움을 잃어버린 상태에서 마침내 얼기 시작한다. 손가락이 시릴 정도로 날씨가 추워졌다. 알뜰한 농부들은 통에 담은 사과들을 집 안으로 들여놓으며 사람들이 주문해 둔 사과와 사과주를 배달해준다. 이제 그것들을 지하 저장실에 보관할 때가 온 것이다.

땅에 떨어져 있는 야생사과들 중 일부는 때이른 눈 위로 그 빨간 자태를 보인다. 간혹 어떤 것은 겨울 내내 눈 속에서도 자신의 색깔과 싱싱함을 간직하는 경우가 있다. 그러나 대개의 사과는 겨울이 시작되면 꽁꽁 얼어버리며, 비록 썩지는 않는다고 하더라도 구운 사과의 색깔을 띠게 된다.

12월까지는 대부분의 야생사과들이 첫 번째의 해빙을 경험한다. 한 달 전까지만 해도 시고 떫은맛이 나, 세련된 입맛을 가진 사람들은 도저히 먹을 수 없던 사과들이(석어도 싱싱한 상태에서 언 것들은), 햇볕이 따뜻한 날에는 그 햇살에 민감하게 작용하여 녹는다. 그리하여 사과는 감칠맛이 나는 달콤한 사과주로 가득 차게 되는데 그 사과주는 내가 아는 한, 병에 담은 그 어떤 사과주보다 훌륭한 것이다. 나는 포도주보다는 이 사과주에 더 친숙하다.

이런 상태에 있는 모든 사과는 안심하고 먹어도 좋으며, 여러분의 치아는 이제 사과주 제조용의 압착기가 된다. 과육이 보다알찬 사과들은 감미롭고 황홀하기까지 한 식품이다. 사실 나는이들을 서인도제도에서 수입해오는 파인애플보다 더 귀한 과일로 친다.

농부들이 따지 않고 남겨놓은 사과들을 내가 따먹고 후회한적이 있었는데(왜냐하면 나는 반은 개화된 사람이니까), 이제 와서나는 그 사과들이 어린 떡갈나무 잎만큼이나 강인하게 매달리는속성을 가진 것이 오히려 다행스럽게 느껴지는 것이다. 그것은사과즙이 끓어오르지 않고도 달콤한 사과주가 되는 방법이기 때문이다.

서리가 내려 우선 이 사과들을 돌처럼 단단하게 얼게 한 다음 그 위에 겨울비가 내리거나 따뜻한 겨울 햇살이 비치면, 그것들을 감싸고 있는 공기라는 매개체를 통해 하늘로부터 빌려온 듯한 천상의 맛을 내는 것이다. 당신이 집에 도착할 때면 당신의 주머니 속에서 뒹굴던 사과들은 다 녹아, 얼음이 사과로 변한 것을 발견하게 될 것이다. 그러나 얼고 녹는 일이 세 번, 네 번 계속되면 사과의 맛은 현저하게 떨어질 것이다.

차가운 북쪽 지방의 추위에 의해 숙성된 이 과일과 비교할 때 무더운 남쪽 지방에서 수입한 반쯤 익은 과일들이 도대체 무엇이란 말인가? 여기 이 사과들은 그전에 내가 친구를 속여 그로 하여금 먹어보게 하려고 멀쩡한 표정을 지었던 바로 그 시디신 사과들인 것이다.

그러나 이제 우리는 욕심을 잔뜩 내어 호주머니에 그 사과들을 담기에 바쁘다. 또 고개를 숙여 사과 속에 담긴 사과주를 마신다. 흘러넘치는 액체로 옷자락이 젖지 않도록 조심을 하면서 말이다. 이 사과주에 얼큰해진 우리는 더욱 의기를 투합한다. 사과가 너무 높이 달렸다고 해서, 또 얽히고설킨 가지들의 보호를 받는다고 해서 우리가 작대기로 그것들을 따지 못한 경우가 있었던가?

야생사과는 내가 아는 한 시장에 내다 파는 경우가 결코 없다. 그것은 시장의 사과들과 확연히 구분되는데, 그 차이점은 말린 사과나 사과주가 보통 사과와 다른 만큼이나 크다. 또 아무 겨울에나 완벽한 야생사과가 열리는 것은 아니다.

야생사과의 시대는 곧 가버릴 것이다. 아마도 이 과일은 뉴잉글랜드에서는 그 모습을 감추어버릴 것이다. 당신은 토종 과수나무들이 자라는 꽤 넓은 오래된 과수원을 산책하는 일이 아직도 있을 것이다. 전에는 그곳의 과일 대부분이 사과주 공장에 원료로 팔려나갔겠지만 지금은 완전히 버려져 돌보는 사람이 없다.

나는 어느 먼 읍에 있는 사과나무 밭에 대한 이야기를 들은 적이 있다. 그 사과나무 밭은 언덕의 중턱에 있었는데 사과들이 떨어져 언덕을 굴러 내려가 기슭의 담에 1미터의 높이까지 쌓인다는 것이었다. 결국 과수원 주인은 과일나무들을 전부 잘라버렸는데 쌓인 사과가 발효하여 사과주가 되는 것을 막기 위해서라는 것이었다. 금주 운동이 벌어지고 과수나무 접붙이기가 널리 보급된 다음부터는 사람들은 더 이상 토종 사과나무를 심지 않는다. 이 나무들은 사람들이 잘 가지 않는 방목지 같은 데서 흔히 볼 수 있는 것들인데 이제는 그 주위로 나무들이 무성하게 자라고 있다. 앞으로 100년의 세월이 지나 이곳의 들판을 거니는 사람은 야생사과를 따먹는 즐거움을 알지 못할 것이다.

아, 가련한 사람! 그는 그 밖의 수많은 즐거움에 대해서도 아는 바가 없을 것이다. 볼드윈 종과 포터 종의 사과들이 널리 퍼져 있지만 오늘날 우리 읍에서 100년 전과 같이 사과나무들을 많이 심는 일은 없는 것 같다. 그때는 사방 천지에 사과주용의 사과나무들을 심었으며 사람들은 사과를 먹기도 하고 술로 담그기도 했다. 그때는 사과를 짜고 난 찌꺼기를 쌓아놓은 곳이 유일한 묘목장이었으며, 사과나무를 심는 데 드는 비용이라고는 심는 데 들이는 수고가 전부였다. 사람들은 아무 담 옆에나 사과나무 묘목을 꽂고는 그것의 성장은 운에 맡기곤 했다.

이제 나는 사람들이 잘 다니지 않는 길 옆이나 숲 속의 작은 계곡 같은 외딴 곳에 나무를 심는 광경은 더 이상 보지 못한다. 이제 사람들은 접붙이기 방법으로 과일나무를 심고 그것에 대해 대가를 치르므로 그들은 자기 집 옆의 땅에 그 나무들을 몰아 심고 그 주위에는 울타리를 쳐버리는 것이다. 결국 앞으로 우리는 통 속에서나 사과를 찾을 수밖에 없게 될 것이다.

이것은 "주께서 브두엘의 아들 요엘에게 주신 말씀"이다.

"늙은 사람들아, 들어라. 이 땅에 사는 모든 사람들아, 귀를 기울여라. 너희 때와 너희 조상의 때에 이런 일이 있었느냐?"

"팥중이가 남긴 것을 메뚜기 떼가 먹고 메뚜기 떼가 남긴 것을 느치가 먹고 느치가 남긴 섯을 황충이 먹었다."

"술에 취한 자들아, 너희는 깨어서 울어라. 포도주를 만들 포도가 다 못쓰게 되었다. 큰 메뚜기 떼가 우리 땅을 습격하였으니 그것들은 강하고 무수히 많으며 그 이빨은 사자의 이빨 같고 그 어금니는 암사자의 어금니와 같다."

"그것들이 우리 포도나무를 죽이고 우리 무화과나무를 씹어 껍질을 벗겨버렸으므로 그 가지가 하얗게 되고 말았다……."

"농부들아, 슬퍼하여라. 포도를 재배하는 자들아, 통곡하여라……."

"포도나무와 무화과나무가 말랐고 석류나무와 종려나무와 사과나무와 밭의 모든 나무들이 다 시들어버렸으므로 사람들의 즐거움이 사라지고 말았다."

## 소로우와 〈시민의 불복종〉에 대하여

밤을 들여다봅니다.

보다 정확히 표현하자면, 밤바다의 어둠 속을 들여다봅니다.
달빛에 번득이는 물결 위로 어둠이 펄럭이는 소리가 들려오는 것
같습니다. 그런데 수평선 저 멀리에서부터 누구인가 어둠을 휘적
휘적 저으며 물결을 밟고 걸어옵니다. 소로우! 헨리 데이빗 소로
우! 도시에서의 확약된 삶을 모두 버리고 숲 속으로 홀로 들어가
살았던 한 사람, 문명 비평적 사상가로서의 체취를 짙게 풍기는
소로우…….

"문명인이란 보다 경험이 많고 보다 현명해진 야만인일 따름
이다."

"어떤 사람이 매일 반나절을 사랑하는 마음에 가득 차서 숲 속을 산책한다면, 게으름뱅이로 낙인찍히리라. 그러나 만약 하루 종일 투기꾼으로 시간을 보내며 숲을 베어내고 땅을 평평하게 밀어버린다면, 그는 근면하고 진취적인 시민으로 평가받으리라."

그런가 하면 인간의 집 또는 옷 같은 것에 대해 멋진 사색을 남긴 철학자의 체취를 풍기는 소로우…….

"사람의 몸에서 일단 벗겨진 옷은 보잘것없고 우스꽝스럽다. 다만 옷을 웃음거리가 되지 않게 하고 성스럽게까지 하는 것이 있다면, 그것은 그 옷을 입은 사람의 반짝이는 진지한 눈빛과 그 안에서 보내어진 성실한 삶 때문인 것이다."

"문명인들은 거의 습관적으로 집을 지니고 있다. 인간의 집은 감옥이다. 그를 압박하고 속박하는 감옥……."

"망상에 빠지지 않게 하기 위해서 나는 인간으로 하여금 흘러가면서 우주를 바라보게 하고 싶다. 그 속에서 인간이란 한 알 모래알에 불과한 것을."

그러나 모든 책은 읽는 이에 의하여 완성되는 법입니다. 작가의 공간과 읽는 이의 공간의 합일, 당신이 이 책을 집어들었을 때 그러한 완성의 공간은 그 누구도 모르게 이루어지고 있는 것입니다. 헨리 데이빗 소로우……. 그의 공간을 더욱 아름답게, 풍성하게 하고 있는 당신, 당신에게 나는 이 책의 중요한 부분, 〈시민의 불복종〉에 대해서 약간이나마 이야기하고픈 충동을 느낍니다.

〈시민의 불복종〉이 쓰이던 무렵은 멕시코 전쟁이 한창이던 시기(1846~1848)였습니다. 주지하다시피 미국은 텍사스의 병합 문제로 멕시코와 전쟁을 하였고, 그 전쟁의 결과 미국은 단 1,500만 달러로 텍사스, 뉴멕시코, 캘리포니아를 양도받았던 것입니다.

이 전쟁을 지지한 사람들은 제국주의자들과 노예제도 지지자들이었으며, 따라서 소로우는 노예제도와 멕시코 전쟁에의 반대와, 그것의 실천으로 인두세 납부를 거부했던 것입니다. 이러한 배경을 지닌 시민의 불복종이 처음 〈미학〉지에 게재되었을 때는 그 제목이 〈시민 정부에 대한 저항〉이었으나, 그 후에 〈시민의 불복종〉이라고 제목을 고치면서, 고전적인 산문이 되어 널리 알려지게 되었습니다.

〈시민의 불복종〉은 '가장 좋은 정부'에 대한 경구로부터 시작되고 있습니다. 토머스 제퍼슨의 이상이기도 했던 '가장 좋은 정부는 가장 적게 다스리는 정부'라는 표현, 얼마나 정곡을 찌르는 표현입니까! 그는 이렇게 말합니다.

"아! 사람다운 사람, 내 이웃이 말하듯이 등뼈가 있어 남의 손에 결코 놀아나지 않는 사람이 있다면!"

그는 "불의의 법들이 존재한다"고 말합니다. 그러면서 두 개의 질문을 던집니다.

"우리는 그 법을 준수하는 것으로 만족할 것인가, 아니면 그 법을 개정하려고 노력하면서 개정에 성공할 때까지는 그 법을 준수할 것인가, 아니면 당장이라도 그 법을 어길 것인가?"

그러면서,

"이 매사추세츠 주 안에서 천 사람이, 아니 백 사람이, 아니 내가 이름을 댈 수 있는 열 사람(열 사람의 정직한 사람)이, 아니 단 한 명의 정직한 사람이라도 노예 소유하기를 그만두고 실지로 노예제도의 방조자의 입장으로부터 물러나며 그 때문에 형무소에 갇힌다면 미국에서 노예제도가 폐지되리라."

라고 말합니다.

"시작이 아무리 작은 듯이 보여도 그것은 문제가 되지 않는다. ……(중략)…… 그러나 우리는 기껏해야 거기에 대해 토론만 하고 있을 뿐이다."

그러면서 그러한 '작은 일'을 하게 하는, 모든 소시민들이 참여할 수 있는 정부를 그는 '진보된 정부'로 생각합니다.

"국가가 개인을 보다 커다란 독립된 힘으로 보고 국가의 권력과 권위는 이러한 개인의 힘으로부터 나온 것임을 인정하고, 이에 알맞은 대접을 개인에게 해줄 때까지는 진정으로 자유롭고 개화된 국가는 나올 수 없다."

그는 기성의 시각으로 볼 때는 아주 괴팍스러운 사람임에 틀림없습니다. 1800년대 그 시절, 하버드 대학을 나왔으나 그 기득

권을 과감하게 버리고 일생 동안 숲 속을 돌아다니며 은둔의 삶을 살았으니까요. 물론 일생을 독신으로 보냈으며(연애를 한 번 하기는 하였으나 그 연애가 실패하자 일생을 독신으로 보낸 것입니다.), 뿐만 아니라 세금 내기를 서부해 구속을 당하기도 했으니까요.

그러나 그런 '괴팍스러움'이 그의 자유의 내용이었다고 할 수 있을 것입니다. 그의 자유정신의 현현은 그의 인생을 고독하게 할 수밖에 없었던 것입니다. 이 〈시민의 불복종〉을 읽고 간디가 영향을 받았다는 사실은 그의 혁명 정신이 얼마나 살아있는 것이며, 또한 힘 있는 것인가를 깨닫게 합니다. 그는 폭력을 싫어하는, 그러나 영원한 개혁가로서 살았다고 해야 하겠습니다. 삶과 정신이 일치하는 희귀한 경우가 바로 소로우인 것입니다.

그러므로 그의 삶에 대한 성찰들은 20세기의 끝자락을 살아가는 우리를 아직도 깨우고 있습니다.


"간소화하고 간소화하라. 하루에 세 끼를 먹는 대신 필요하다면 한 끼만 먹어라. 백 가지 요리를 다섯 가지로 줄여라."
"내 집에는 세 개의 의자가 있다. 하나는 고독을 위한 것이고 둘은 우정을 위한 것이며 셋은 사교를 위한 것이다. 손님들이 뜻밖에 많이 찾아올 때에도 이들 모두를 위해 세 번째 의자만을 내놓을 수밖에 없었지만, 그들은 대개 서 있음으로써 방을 효율적으로 이용했다."

"내 가구는 침대 하나, 탁자 하나, 책상 하나, 의자 셋, 직경 3인치의 거울 하나."

"이 세상에는 두 개의 시각이 있다. 세상을 어떻게 보느냐에 따라 달라지는 두 개의 시각. 성장으로 보는가, 아니면 쇠퇴로 보는가! 시인의 눈으로 보면, 신의 눈으로 보듯 이 삼라만상은 활기차고 아름다워 보이리라. 그러나 역사의 눈으로 본다면, 혹은 과거의 눈으로 본다면 모든 것은 활기 없고 공격적으로 보이리라."

"아침과 봄에 얼마나 공명하는가에 따라 그대의 건강을 가늠해보라. 자연의 깨어남을 보고도 그대 속에 아무 반응이 일어나지 않는다면, ……(중략)…… 깨달으라, 그대 인생의 봄과 아침은 이미 지나가버렸음을."

"가능한 한 매일 일출과 일몰을 바라보라. 그것을 당신 삶의 묘약으로 삼으라."


그러나 이뿐이 아닙니다. 1800년대에 그는 이미 공원이라는 개념과 공로公路를 제안했습니다. 소로우의 사회운동가로서의 일면이라고 할까요?

"아직까지는 이 근처에서 제일 좋은 땅은 사유지가 아니다.
……(중략)…… 하지만 언젠가 그것은 소위 유원지라는 것으로
분할되어 소수의 사람들이 인색하게 독점적으로 누리는 날이
오리라."

또한 환경운동가로서의 소로우의 일면도 빼놓을 수 없을 것입
니다. 그래서 그를 19세기에 21세기적 환경 감각을 지닌 사람이
라고도 부르는 것입니다.

"어떤 책 속에 이 세상과 이 세상의 아름다움이 쓰여 있는가?
누가 그 아름다움을 찾아 발걸음을 내디뎠는가?"

"이번 겨울엔 어느 때보다도 훨씬 심하게 나무들을 잘라내고
있다. 페어헤이번 언덕, 월든, 리니아 보릴리스 숲 등등, 구름까
지 베어내지 못하니 천만다행이다."

"소나무의 가장 가까이에 서 있다고, 자연에서 소나무의 가치
를 가장 잘 이해하는 사람이 목재 벌채인일까?"

"만약 이들이 영원히 응결되고, 훔칠 수 있을 만큼 작은 것들

이라면 아마도 제왕들의 머리를 장식하는 보석으로 쓰기 위하여 노예들이 캐 갔을 것이다."

이러한 삶의 지혜들을 빛나는 문구로 묘사하고 있는 그, 그는 진정한 시인이었습니다.

"절벽에서 내려다보이는 페어헤이번 호수에 비치는 달빛, 끝없는 숲 한가운데서 빛나는 호수, 바로 그대 뒤의 한 그루 소나무 사이로 들려오는 신선하고 야성적인 파도 소리, 황야에서 숨을 죽이고 있는 늑대들의 침묵, 호숫가에서 바라보고 있는 사슴들, 시와 역사의 별들 그리고 미지의 자연이 내려다보고 있는 이 장면, 이것이 지금 나의 세계이다."

새벽 바다를 바라봅니다.
긴 물그림자가 파도 위에 드리워져 있습니다. 아마도 소로우의 그림자인지 모르겠습니다. 그 긴 그림자는 모래사장 위로 천천히 올라옵니다.
나는 창을 더 활짝 엽니다. 수평선을 향하여 박수를 칩니다. 저렇게 아름다운 삶을 보여주는 것이 있다니. 저렇게 소로우의 그림자를 보여주다니…….

　현관으로 나아가 조그만 꽃이지만 열심히 꽃을 피우고 있는 수국에게도 박수를 쳐줍니다. 소로우 같은 이를 우리에게 보내주는 바다에게 다시 박수를 보내는 것입니다.


강은교(시인, 동아대 명예 교수)

## ◎ 헨리 데이빗 소로우 연보

**1817년**  7월 12일, 미국 매사추세츠 주의 콩코드에서 태어나다. 영국에 살던 프랑스계 개신교도의 후손으로, 그의 가문은 할아버지 때 미국으로 이민 왔다. 부친 존 소로우는 선량하나 다소 우유부단한 성격의 상인이었다. 여러 가지 사업에 손을 댔으나 실패를 거듭하고 마지막에는 가내공업으로 연필 제조업을 하면서 다소 안정을 얻었다. 어머니 신시아 던바는 생활력이 강한 쾌활한 부인으로, 하숙을 쳐서 살림을 꾸려나갔다. 손위로 누나 헬렌과 형 존, 손아래로 여동생 소피아가 있었다. 소로우는 아름다운 콩코드 마을에 태어난 것을 무엇보다 큰 행운으로 여겼으며, 대학에 다닐 때와 몇 차례에 걸친 여행을 할 때를 빼놓고는 평생 고향 마을을 떠나지 않았다. 항상 콩코드 주변의 숲과 강, 호수와 언덕을 다니며 자연을 관찰하기를 즐겼다. 손재주가 뛰어났으며, 이미 소년 시절에 낚시와 사냥의 명수가 되었다. 매력적인 용모에 사교적이었던 두 살 위의 형 존과는 달리, 다른 아이들과 어울려 노는 것을 그다지 즐기지 않았다. 소년 시절의 별명은 '판사님'이었다.

**1833년(16세)** 콩코드 아카데미를 졸업하고 하버드 대학에 들어가다. 학교 당국으로부터 장학금을 하나 받아냈으나, 모친이 어려운 가운데 대부분의 학자금을 조달했다. 라틴어, 그리스어 등의 고전어와 독일어, 불어 등의 현대어를 열심히 공부하고 동서양의 고전을 포함한 광범위한 독서를 하다. 그러나 후에 쓴 글로 미루어볼 때 대학 교육 자체에 대하여 꽤 회의적이었던 것 같다.

**1834년(17세)** 후일 미국을 대표하는 지성인이 될 초월주의 사상가 랄프 월도 에머슨, 콩코드로 이사 오다.

**1837년(20세)** 에머슨의 수필집 《자연》을 읽다. 이해 봄 드디어 에머슨을 처음으로 만나며 그와 평생에 걸친 교분을 맺다. 초기의 소로우는 에머슨으로부터 많은 영향을 받으나 점차 거기서 벗어나 독자적인 사상을 추구하다.

하버드 대학을 졸업하다. 콩코드로 돌아와 교사로 취직하나 학생들에 대한 체벌을 거부하고 며칠 후에 사직하다. 부친의 연필 공장에서 일하다. 일기를 쓰기 시작하다. 죽기 직전까지 쓴 일기는 방대한 분량으로 그의 다른 저서에 못지않은 중요성을 지닌다.

**1838년(21세)** 캐나다와 접경 지역인 메인 주를 처음으로 방문하다. 콩코드 문화회관에서 처음으로 연설하다. 진보적 교육 방침을 가진 사설 학교를 설립, 운영하기 시작하다. 여기에 형 존이 곧 동참하다. 이 학교는 큰 반향을 일으키며 성공리에 운영된다.

**1839년(22세)** 인근 마을에 사는 엘렌 슈월이라는 17세의 처녀에게 연정을 품다. 형 존도 그녀를 좋아하여 기묘한 삼각관계가 형성되다. 형 존과 함께 보트 여행을 하다. 이 경험을 토대로 《콩코드 강과 메리맥 강에서의 일주일》이라는 책이 후일 출간된다.

**1840년(23세)** 에머슨이 편집하는 잡지 〈다이얼〉에 시와 수필을 기고하다.
엘렌 슈월에게 청혼하다. 그러나 소로우 집안의 진보적 성향을 꺼리던 그녀의 아버지의 반대로 이 사랑은 결실을 맺지 못하다.

| | |
|---|---|
| 1841년(24세) | 형 존의 건강 악화와 소로우 자신의 흥미 상실로 성공리에 운영하던 학교의 문을 닫다. |
| | 숙식을 제공받고 하루에 두세 시간 일하는 조건으로 에머슨의 저택에 관리인으로 들어가다. 에머슨은 영국의 문호 칼라일에게 보내는 편지에서 소로우의 문학적 자질을 칭찬해 마지않다. |
| 1842년(25세) | 형 존, 면도하다 벤 상처가 덧나 돌연 파상풍으로 사망하다. 형을 몹시 좋아했던 소로우는 상당 기간 극도의 우울증에 빠지다. |
| | 너새니얼 호손, 콩코드로 이사 오다. 호손에게 아끼던 자신의 보트를 팔다. |
| | 〈다이얼〉지에 여덟 편의 시를 기고하다. |
| 1843년(26세) | 에머슨의 형의 집에 가정교사 일자리를 얻어 뉴욕 주의 스테이튼 섬으로 가나 8개월 후에 그만두다. |
| | 뉴욕 시를 방문하나 좋은 인상을 받지 못하다. |
| | 소로우의 가장 친한 친구가 될 시인 윌리엄 엘러리 채닝, 콩코드로 이사 오다. |
| | 보스턴과 피츠버그를 연결하는 철로 공사가 시작되다. 이 철로는 월든 호수 옆을 지난다. |
| | 수필 〈겨울의 산책〉이 〈다이얼〉지에 실리다. |
| 1844년(27세) | 부친의 연필 공장에서 일하며 뛰어난 품질의 연 |

필을 개발하다. 친구 한 사람과 콩코드 강가에서 낚시를 한 다음 물고기를 굽다가 산불을 내 300 에이커의 숲을 태우다.

〈다이얼〉지 폐간되다.

**1845년(28세)**   몇 해 전부터 숲 속에 들어가 홀로 생활해보는 것을 꿈꾸어오던 소로우는 3월 말 드디어 월든 호숫가에 통나무집을 짓기 시작하다. 7월 4일, 통나무집을 완성, 입주하다.

《콩코드 강과 메리맥 강에서의 일주일》의 원고를 쓰기 시작하다.

**1846년(29세)**   토마스 칼라일에 대해 콩코드 문화회관에서 강연하다.

멕시코 전쟁 발발.

노예제도와 멕시코 전쟁에 반대하여 인두세 납부를 거부해오던 소로우는 감옥에 수감되나 친척의 대납으로 다음 날 풀려나다. 메인 주의 산악 지역으로 2주에 걸친 캠핑 여행을 가다. 사후에 발간된 《메인 주의 숲》은 이 여행을 토대로 해서 쓰인 것이다.

**1847년(30세)**   9월, 월든 숲 생활을 끝내다.

장기간 유럽 여행을 떠나는 에머슨의 저택에 관

리인으로 들어가다.

네 개의 출판사가 《콩코드 강과 메리맥 강에서의 일주일》의 출간을 거절하다.

**1848년(31세)** 캘리포니아에 대량의 사금이 발견되면서 '골드러시'가 시작되다.

세금 납부 거부 때문에 감옥에 수감된 사건에 대하여 콩코드 문화회관에서 강연하다.

멕시코 전쟁 종료되다.

에머슨의 집을 나온 다음 프리랜스 측량 사업을 시작하다.

**1849년(32세)** 인근 여러 마을의 문화회관에 나가 이따금씩 강연을 하다.

호손의 처형인 엘리자베스 피바디의 요청으로, 투옥 사건에 대한 연설문의 내용을 다소 수정하여 그녀가 창간한 〈미학〉지에 실리도록 하다. 제목은 〈시민 정부에 대한 저항〉이나 그의 사후에는 〈시민의 불복종〉이라는 제목으로 더 널리 알려지다.

자비로 《콩코드 강과 메리맥 강에서의 일주일》의 초판 1천 부를 출간하나 독자의 별다른 반응을 얻지 못하다. 이에 따라 《월든》의 출간도 지연되다.

누나 헬렌 소로우, 폐결핵으로 사망하다.

**1850년(33세)** 전해에 이어 측량 일로 바쁘게 지내다.

콩코드 출신 여류 문인 겸 초월론자인 마가렛 풀러를 태운 여객선이 뉴욕 항 근처에서 좌초되다. 에머슨의 요청으로 그녀의 시신을 찾으러 소로우가 가다.

도망간 노예를 다른 주에 가서 잡아오는 것을 허용하는 '도망 노예법'이 의회를 통과하다.

친구인 윌리엄 엘러리 채닝과 함께 캐나다 여행을 다녀오다.

**1851년(34세)** 측량 일과 연설로 바쁘게 지내다.

《월든》의 원고 수정 작업을 계속하다. 이즈음의 저널을 보면 에머슨과의 사이가 점점 멀어지는 것이 드러난다. 해리엣 비처 스토우 부인의 《톰 아저씨의 오두막집》이 잡지에 연재되기 시작하다.

**1852년(35세)** 《월든》의 원고에 대한 수정 작업을 계속하다.

보트를 새로 장만하여 월든 호수에 띄우는 일이 잦아지다.

**1853년(36세)** 《캐나다의 양키》의 일부분이 〈푸트남〉지에 발표되다. 메인 주의 숲을 다시 방문하다. 미국 자연 과학 협회로부터 회원 가입 요청이 있었으나, 단순한 과학자로 만족할 수 없는 소로우는 그 요청을 거절하다.

《콩코드 강과 메리맥 강에서의 일주일》의 초판 1천 부 중 팔리지 않은 706부를 출판사에서 집으로 가져와 쌓아두다. 그리고는 그날 저녁에 '나는 900권이 조금 못 되는 장서를 가지고 있는데 그 중 700권 이상의 책은 내가 직접 저술한 것이다'라고 쓰다.

**1854년(37세)**　《월든》에 대한 제8차 수정 작업을 마치다.

8월 9일, 《월든》의 초판 2천 부가 티크노어 앤 필즈 출판사에 의해 출간되다.

**1855년(38세)**　《케이프 코드》의 일부가 〈푸트남〉지에 실리다.

건강이 악화되기 시작하다.

**1856년(39세)**　시인 월트 휘트먼을 만나며 그로부터 깊은 인상을 받다.

**1857년(40세)**　측량 일을 꾸준히 계속하다.

자신을 이해하지 못하는 청중들에게 강연하는 일에 점점 더 회의를 느끼다. 1년에 두세 차례 정도로 연설 빈도를 줄이다.

케이프 코드와 메인 주를 다시 방문하다.

노예해방 운동가 존 브라운을 만나다.

| | |
|---|---|
| **1858년(41세)** | 메인 주의 숲 방문을 토대로 한 글 〈체선쿡〉이 〈아틀랜틱〉지에 발표되다. 그러나 〈아틀랜틱〉지의 편집장이 독자의 취향에 거슬릴까 두려워 글의 내용을 허락 없이 고치자 그 잡지와의 관계를 끊다. |
| **1859년(42세)** | 부친 사망. 가업인 연필 제조업에 더 많은 시간을 할애하게 되다. 소로우가의 연필은 뛰어난 품질을 인정받아 장사가 제법 잘되었으며, 그가 좀 더 관심을 기울였다면 많은 돈을 벌 수도 있었다.<br><br>노예해방 운동가 존 브라운, 콩코드를 방문하다. '원칙 없이 사는 인생'이라는 제목으로 보스턴에서 강연하다.<br><br>존 브라운과 추종자들, 하퍼스 페리의 무기고를 습격하다. 이 사건은 미국 역사상 유명한 사건인데, 무력으로 노예해방을 성취하려고 했던 브라운은 여기서 연방정부에 체포된다. 소로우는 '존 브라운 대위를 위한 탄원'이라는 제목의 연설을 콩코드에서 하다. 존 브라운, 버지니아에서 처형되다. |
| **1860년(43세)** | '야생사과'라는 제목의 강연을 하다. 〈존 브라운의 마지막 날들〉이라는 제목의 글을 〈해방자〉지에 발표하다. |

에이브러햄 링컨, 대통령으로 당선되다. 이 당시의 소로우의 일기를 보면 정치에는 전혀 관심이 없는 듯 오직 자연에 대한 글로 가득 차 있다.

혹한의 겨울날, 숲에 들어가 나무 그루터기들의 나이테를 세다가 독감에 걸리다. 병이 기관지염으로 악화되었음에도 불구하고 강연 약속을 지키기 위해 코네티컷 주에 가다.

그 후 건강은 더욱 악화되다.

**1861년(44세)**  남북전쟁이 일어나다. 소로우의 병이 폐결핵으로 판명되다. 요양차 미네소타로 가나 별 차도를 보지 못하고 다시 고향으로 돌아오다. 9월 말 어느 날 월든 호수를 찾다.(마지막 방문이 됨) 11월 3일자의 기록이 마지막 일기가 되다.

**1862년(44세)**  〈아틀랜틱〉지의 편집장이 바뀌면서 소로우에게 기고를 청탁해오며, 소로우는 〈가을의 빛깔들〉을 보내다.

3월, 건강이 극도로 악화된 상태이나 친지에게 보낸 편지에 '살아있는 순간들을 최대한으로 즐기고 있으며 아무런 회한이 없다'고 쓰다. 병문안을 갔던 친구 한 사람은 "그처럼 큰 기쁨과 평화로움을 가지고 죽음을 기다리는 사람을 본 적이 없다."고 말하다.

5월 6일 아침 9시, 콩코드에서 사망하다.

5월 9일 오후 3시, 콩코드 제1교구 교회에서 장
례식이 거행되다. 에머슨이 추도사를 읽다.

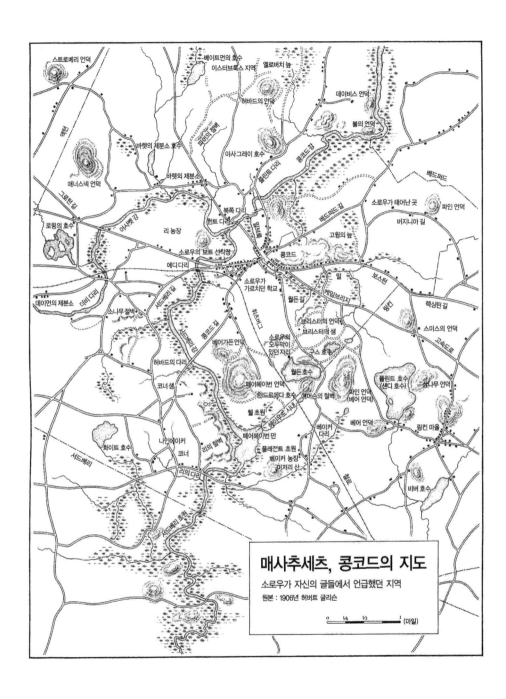

스트로베리 언덕
베이트먼의 호수
이스터브룩스 지역
엘로버치 늪
데이비스 언덕
허바드의 언덕
불의 언덕
바렛의 제분소 호수
아사그레이 호수
콩코드 강
애너스넥 언덕
그로튼 길
바렛의 제분소
베드퍼드
메린강
북쪽 다리
헌트 다리
소로우가 태어난 곳
파인 언덕
로링의 호수
리 농장
아사벳 강
고원의 늪
버지니아 길
소로우의 보트 선착장
콩코드
에디 다리
밀
보스턴
케임브리지
데이먼의 제분소
더비 다리
소로우가
가르치던 학교
월든 길
렉싱턴 길
스미스의 언덕
스니무 절벽
새드베리 길
브리스터의 언덕
브리스터의 샘
구스 호수
고속도로
베어가든 언덕
소로우의
오두막이
있던 자리
볼린트 호수
(샌디 호수)
가문비나무 언덕
허바드의 다리
콩코드 길
페어헤이번 언덕
월든 호수
파인 언덕
베어 언덕
코너 샘
앤드로메다 호수
에머슨의 절벽
링컨 마을
코너
월 초원
베이어드 시내
페어헤이번 만
베이커
다리
베어 언덕
화이트 호수
나인에이커
코너
리의 절벽
플레전트 초원
베이커 농장
피저리 산
비버 호수
새드베리
리의 다리
새드베리 초원

매사추세츠, 콩코드의 지도
소로우가 자신의 글들에서 언급했던 지역
원본 : 1906년 허버트 글리슨

0    ¼    ½    1
(마일)

# 시민의 불복종

초판      1쇄 발행  1994년 6월 25일 (《야생사과》라는 제목으로 출간)
개정1판  8쇄 발행  2016년 7월 15일
개정2판  10쇄 발행  2024년 9월 2일

지은이 · 헨리 데이빗 소로우
옮긴이 · 강승영
펴낸이 · 주연선

총괄이사 · 이진희
편집 · 심하은 백다흠 강건모 이경란 최민유 윤이든 양석한
디자인 · 이승욱 김서영 권예진
마케팅 · 장병수 김한밀 최수현 김다은
관리 · 김두만 유효정 신민영

**(주)은행나무**
04035 서울특별시 마포구 양화로11길 54
전화 · 02)3143-0651~3 | 팩스 · 02)3143-0654
신고번호 · 제1997-000168호(1997. 12. 12)
www.ehbook.co.kr
ehbook@ehbook.co.kr

ISBN 978-89-5660-585-2  03840